# 每天1〇
### 10 min
# 聽聽義大利人
# 怎麼說

Giancarlo Zecchino（江書宏）、吳若楠　合著

繽紛外語編輯小組　總策劃

# 如何輕鬆有效地練好義大利語的聽力？

　　如何輕鬆有效地學會一門外語？有人說，只要盡可能多多練習、多多使用該外語，最好搬去講那個語言的國家待一陣子，這就夠了。另一方面也有人認為，根本不需要出國，只要常常聽那個語言、不斷地讓自己的耳朵接觸、理解、輸入該外語就足夠了；更有一些人仍認為有必要透過閱讀而非聆聽來進行語言輸入。此外還有傳統派的人，他們堅決擁護系統性的語法學習，並將翻譯法視為最迅速有效的學習方法，而另一些人則反其道而行，他們強烈譴責和批評此類方法，認為這些已經過時，並強調它們毫無用處。那麼，真相在哪兒呢？誠如亞里斯多德的說法，真相總是介於兩者之間。

　　事實上，語言不存在一個放諸四海皆準的單一學習法，上述立場雖然相互矛盾，但很有可能都是正確的，因為存在著不同的學生、不同的語言。舉例來說，對於一個想學習西班牙語的義大利學生而言，只要搬去西班牙住幾個月，盡可能多講西班牙語，就能夠以一種輕鬆有效的方式學會這個語言。但如果換作是一個中文母語者，他的母語不像義大利文和西班牙文那樣隸屬於羅曼語族，是否可以套用相同的道理呢？換個說法，對於一個想要擴大中文字彙量的日本學生而言，確實只要盡可能地多讀中文文本就夠了，但是對於一位一個漢字都沒見過的英語母語者而言，也同理可證嗎？那生性內向的學生呢？透過對話練習的學習法對他們而言究竟是輕鬆有效的，抑或是緩慢而苦悶的呢？還有那些不喜歡讀書閱讀的學生呢？他們會更願意透過閱讀故事還是聆聽Podcast或觀看影片來接觸一個語言嗎？抑或閱讀或是聆聽呢？究竟哪種方法對他們而言會更有效率、更有樂趣呢？

我對外語教學與學習皆滿懷熱情，我熱愛中文，你的母語。十多年來，我一直從事中文母語學生的義大利語教學，我非常熱衷於編寫能夠輔助學生學習的教材。我期盼我對語言學習所做過的研究以及我作為學習者和教師的第一手經驗，能夠說服你遵循下列4階段來學習。你想要以輕鬆有效的方式學好義大利文是吧？

1. 請為自己取得一本專為「中文為母語者的學習者」所編寫的文法書，它將透過比較法的方式，幫助你去瞭解義大利文的主要特點及其和漢語間的區別；

2. 請從一開始就努力學好發音規則，並盡可能模仿發音，因為發音好的學生通常擁有更優秀的聽力技巧，並有能力更迅速學會新的單字；

3. 然後盡可能地選擇令你著迷的文化素材作為切入點，然後多讀、多聽；

4. 這時，也唯有從這時起，才放手玩語言，拿它來進行對話或寫作。

　　你手中的這本書對應著上述的第3階段，旨在協助你鍛鍊聽力。聽力非常重要，因為透過鍛鍊聽力，你可以學習新單詞、累積新知識，最重要的是，你可以開始與人交流。但是該從哪裡下手呢？你應該從一些簡單而簡短、適合自己程度並與日常生活息息相關的對話開始。哪裡可以找到這些素材呢？在本書中，我們為你設計了50則順應時代、寫實、實用而且有趣的對話。如果聽的時候你發現自己似乎聽不太懂，那該怎麼辦？你要明白，這是正常的！你還不會說義大利語，

你正在學習，因此一開始聽不懂是很正常的。那麼，該如何進步？為了幫助你取得進步，每一則對話都包含了3步驟的聽力導引：

1. 「重點提示」幫助你有目標地聆聽，預防分心；

2. 「關鍵單字」針對對話中你可能還不認識、但為了理解對話得要認識的1至3個單字，預先提供解釋；

3. 「問題」提供你一個更具體的聽力目標，讓你更深入理解對話。

　　請把這些問題視為一項輔助而不是考試！設計這些問題的用意，在於引導你去理解，而不在於測試你的能力。請將每則對話看作遊戲而非考試，才不至於陷入一種妨礙學習的消極心態。

　　此外，在副標題「聽聽看」中，我建議你至少總共聽3遍。請注意「至少」這個副詞。有些學生誤以為他們只要聽完特定次數後就能猜中正確答案。沒有比這更荒謬和錯誤的了！如果你想提升自己的聽力，你需要多聽幾次。多少次呢？這取決於你！一直聽，直到你感覺除了自己已經聽懂的內容之外已聽不出更多了，或者直到你對自己所選的答案已具有足夠的信心。

　　最後，每一頁的背面都有提供對話的原文和翻譯，還有「必學句型」和「延伸學習」等部分，這是我為你設定的一個小小目標，讓你每次都能學到一組新的句型結構或一個慣用語和一些生詞。本書不涵蓋文法解析，因為文法結構的學習必須透過閱讀而非聽力。如果你想讓目前為止的學習更上一層樓，我建議你大聲地把對話朗讀出來，嘗試把語調模仿起來，最好是錄下自己的聲音，以方便你對照自己和錄音檔的語調。

想必你已瞭解到，語言存在著多樣化的學習方法以及各式各樣的學習目標，但它們都有一個共同點：練習。你真的想學嗎？你應該盡可能地多多練習，而這本書希望幫助你養成每日聆聽義大利語10分鐘以上的習慣。我們會不會成功？當然會！

Giancarlo Zecchino

# 如何使用本書

跟著《每天10分鐘，聽聽義大利人怎麼說》，每天只要10分鐘，讓雙耳接觸最道地的義大利語環境，不知不覺中就能提升聽力，應對進退更得宜！

## 本書讓您聽力大躍進的6步驟

**步驟 1**
用1分鐘，先掌握重點提示及關鍵單字！

**步驟 4**
用2分鐘，一邊看原文，再聽一次音檔，對照中文翻譯，理解所有內容！

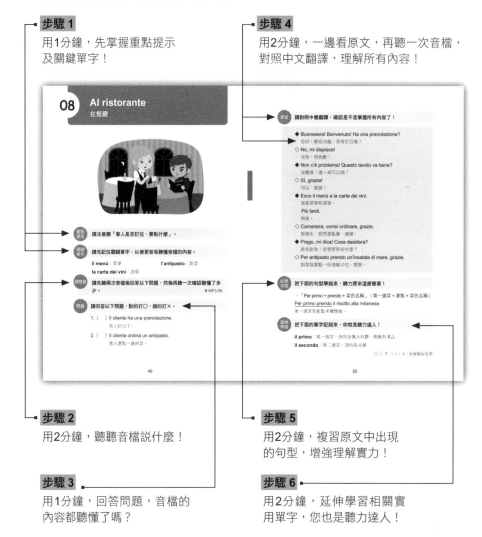

**步驟 2**
用2分鐘，聽聽音檔說什麼！

**步驟 3**
用1分鐘，回答問題，音檔的內容都聽懂了嗎？

**步驟 5**
用2分鐘，複習原文中出現的句型，增強理解實力！

**步驟 6**
用2分鐘，延伸學習相關實用單字，您也是聽力達人！

## 掃描音檔 QR Code

在開始使用這本教材之前，別忘了先找到書封上的QR Code，拿出手機掃描，就能立即下載書中所有音檔喔！（請自行使用智慧型手機，下載喜歡的QR Code掃描器，更能有效偵測書中QR Code！）

## 如何掃描 QR Code 下載音檔

1. 以手機內建的相機或是掃描 QR Code 的 App 掃描封面的 QR Code。
2. 點選「雲端硬碟」的連結之後，進入音檔清單畫面，接著點選畫面右上角的「三個點」。
3. 點選「新增至「已加星號」專區」一欄，星星即會變成黃色或黑色，代表加入成功。
4. 開啟電腦，打開您的「雲端硬碟」網頁，點選左側欄位的「已加星號」。
5. 選擇該音檔資料夾，點滑鼠右鍵，選擇「下載」，即可將音檔存入電腦。

# 目 次

**Unità 1**

## Il gelato italiano 義式冰淇淋　　13

**Unità 2**

## Il caffè italiano: non solo cappuccino... 義式咖啡：不止卡布奇諾……　　21

## Unità 3

# Godere della buona cucina 39
## 享受美食

## Unità 4

# Fare spese 購物 67

Unità 7

## Muoversi con i mezzi pubblici
### 搭乘大眾運輸　　　129

義式冰淇淋

# Il gelato italiano

羅馬

# 美麗的義大利文化

聽不懂外國人說話，真正的癥結點往往是因為我們不太了解外語背後所蘊含的文化和生活習慣。正是因為不了解說外語的人的日常生活習慣、他們的信仰和民族性、他們的國家和生活環境與我們之間的差異，所以聽

他們說話時，我們往往無法做出有意義的猜測，導致有聽沒有懂的窘境！

在接下來這3個單元，你即將學習義大利的咖啡廳、餐廳、料理、飲食習慣跟你所習慣的環境和飲食有哪些差別，以便你更容易聽懂義大利人說話。比如，你會發現義大利人點冰淇淋和咖啡的習慣跟你的不同，也會發覺你原來對義式料理有不少誤解。這些誤解如不立即釐清，就會妨礙你聽懂義大利人說話。

為了協助你有朝一日能順利聽懂義大利人說話，我整理了最常見的食物類詞彙並予以分類。為了讓你鼓起勇氣開口說話，我彙整了與「美食」相關的片語。不止如此，為了讓整個學習過程更加精彩和切實，我還設置了「探索義大利文化」這個小標題，為你訂下一些合理的小目標，一方面激勵你繼續認真學習，一方面也會幫你檢討所達成的進步。

吸收義大利文化相關知識之後，你就可以開始聽懂義大利人在說些什麼！

 **重點提示** 請注意聽「客人點的是甜筒還是杯裝、花多少錢」。

**關鍵單字** 請先記住關鍵單字，以便更容易聽懂音檔的內容。

**il cono**：甜筒　　　　　　　　　**la coppetta**：杯裝

**聽聽看** 請先聽兩次音檔後回答以下問題，然後再聽一次確認聽懂了多少。　　　　　　　　　　　　　　　　　　　　　　　▶ MP3-01

**問題** 請回答以下問題，對的打○，錯的打×。

1. （　　）Il cliente ordina un cono.
   客人要點一個甜筒。

2. （　　）Il gelato costa 3 euro e 50.
   冰淇淋的價錢是3.5歐元。

◆ Un gelato melone e pesca.

一份哈密瓜和水蜜桃冰淇淋。

◇ Cono o coppetta?

甜筒還是杯裝？

◆ Cono, grazie!

甜筒，謝謝！

◇ Con o senza panna?

加不加鮮奶油？

◆ Senza panna.

不加鮮奶油。

◇ Ecco a Lei! Sono 2 euro e 50.

給您！2.5歐元。

 必學句型　把下面的句型學起來，聽力原來這麼簡單！

・「senza」（無）

Il caffè senza zucchero, grazie!

咖啡無糖，謝謝！

 延伸學習　把下面的單字記起來，你就是聽力達人！

| | |
|---|---|
| **la fragola**：草莓 | **il melone**：哈密瓜 |
| **l'ananas**：鳳梨 | **il cocco**：椰子 |
| **i frutti di bosco**：莓果 | **il limone**：檸檬 |
| **il kiwi**：奇異果 | **il mango**：芒果 |

# 02 In gelateria
## 在冰淇淋店（二）

 **重點提示** 請注意聽「他的朋友喜歡什麼口味的冰淇淋」。

**關鍵單字** 請先記住關鍵單字，以便更容易聽懂音檔的內容。

**il gusto**：口味　　　　　　　　　**la panna**：鮮奶油

**聽聽看** 請先聽兩次音檔後回答以下問題，然後再聽一次確認聽懂了多少。

▶ MP3-02

**問題** 請回答以下問題，對的打○，錯的打×。

1. （　　）Ordina un gelato alla frutta.
   他要點水果口味的冰淇淋。

2. （　　）Ordina un gelato con panna.
   他要點加鮮奶油的冰淇淋。

◆ Dai, prendiamo un gelato. Offro io!

來吧，我們吃個冰淇淋。我請客！

◇ Davvero? Grazie! Vado matto per il gelato!

真的嗎？謝謝！我瘋狂喜愛冰淇淋！

◆ Quale gusto preferisci?

你比較喜歡哪種口味？

◇ Mi piacciono i gelati alla frutta, ma oggi ho voglia di un gelato al cioccolato!

我喜歡水果口味的冰淇淋，但我今天想要來份巧克力冰淇淋！

◆ Con o senza panna?

加不加鮮奶油？

◇ Dai, ovviamente con panna!

拜託，當然要加！

 必學句型　把下面的句型學起來，聽力原來這麼簡單！

· 「vado matto per...」（瘋狂喜愛……）

Vado matto per le donne asiatiche.

我瘋狂喜愛亞洲女孩。

 延伸學習　把下面的單字記起來，你就是聽力達人！

**i gelati alla frutta**：水果底冰淇淋

**i gelati alla crema**：牛奶底冰淇淋

# 萬能的旅遊片語

在台灣買冰淇淋時，首先我們會看一球冰淇淋的價錢。但是在義大利，冰淇淋的價錢並非這樣計算的。當然，冰淇淋的價位會依店家位於南義或北義、大城或小鎮、觀光地點或非觀光地點而有所不同。不過一般而言，冰淇淋的價位介於2至2.50歐元，可選擇2到3種「gusto」口味。口味分成兩大類：「alla frutta」水果底和「alla crema」牛奶底。

*cono*

*coppetta*

點冰淇淋時也要告知店員你所選擇的容器：「cono」甜筒還是「coppetta」杯裝。如果選擇「coppetta」，也要告知份量大小：「grande」大的還是「piccola」小的。小的「coppetta」可以裝2種口味，大的「coppetta」可以裝3種口味。例如：

**Un cono pistacchio e nocciola.**
一支開心果和榛果口味的甜筒。

**Una coppetta piccola pistacchio e nocciola.**
一份小杯的開心果和榛果冰淇淋。

如果想要加鮮奶油就要說：

**Un cono pistacchio e nocciola con panna.**
一支開心果和榛果口味的甜筒加鮮奶油。

在義大利，冰淇淋是個隨時可吃的食物，甚至可以拿來當早餐吃！事實上，西西里的傳統早餐就是「brioscia」甜麵包夾「gelato」冰淇淋或「granita」冰沙。

## 最常見的牛奶底冰淇淋口味

pistacchio：開心果

nocciola：榛果

gianduja：榛果巧克力

cioccolato：巧克力

caffè：咖啡

fior di latte：牛奶

## 最常見的水果底冰淇淋口味

fragola：草莓

limone：檸檬

ananas：鳳梨

frutti di bosco：莓果

cocco：椰子

melone：哈密瓜

*fragola*　　　*limone*　　　*ananas*　　　*melone*

## 探索義大利文化

☐ 下次去義大利旅行，不妨每次光顧冰淇淋店都嘗試不同的口味，成為冰淇淋專家！

義式咖啡：不止卡布奇諾……

# Il caffè italiano:
# non solo cappuccino...

阿格里真托

# 美麗的義大利文化

## 義大利咖啡廳須知

在義大利，放眼望去都會看見「bar」的招牌，但可別以為義大利人都是酒鬼……。義大利文和英文不同，在義大利「bar」的意思是咖啡廳，是義大利人的早餐店。義大利人在咖啡廳吃早餐，典型的早餐是「cappuccino」卡布奇諾

### 學習重點

★ 義大利咖啡廳須知
★ 義式早餐
★ 台義咖啡廳的差異
★ 何謂正宗義式咖啡
★ 咖啡廳相關片語

搭配「cornetto」可頌。可頌的口味多半是甜的，因為義大利人早餐喜歡吃甜食，不過如果你想吃鹹的，可以點「cornetto salato」，比如包有「formaggi」起司或「salumi」鹹肉的可頌。除了「cornetto」，也可以點「tramezzino」三明治、「toast」土司、「focaccia」佛卡夏或「panino」帕尼尼。

除了「cornetto」，早餐也可以吃其他甜食，這些作為早餐食用的甜食統稱為「pasta」。因此，如果你聽見義大利人點「Un cappuccino e una pasta, per favore.」可別以為他想喝卡布奇諾搭配義大利麵。他想要的是卡布奇諾和一個在早餐專門吃的甜食。「pasta」除了可頌外，還包含：

*bombolone*　　*saccottino*　　*sfogliatella*　　*brioscia*　　*maritozzo*

## 義式可頌的種類

il cornetto alla marmellata：果醬可頌　　il cornetto vuoto：原味可頌

il cornetto alla crema：卡仕達醬可頌　　il cornetto salato：鹹味可頌

il cornetto al cioccolato：巧克力可頌

在義大利咖啡廳應該注意以下事項：

◆ 在大城市或觀光地點附近的咖啡廳會要求客人先到「la cassa」收銀臺點餐、買單，再到吧檯向吧檯手出示「lo scontrino」發票點餐。

◆ 義大利人喜歡站著喝咖啡或吃早餐。如果想坐在小桌子邊消費，要等服務生幫你點餐，且價位往往不同：「prezzo al tavolo」在桌子消費比「prezzo al banco」在吧檯消費的價錢高一些。因此絕不能在吧檯點餐後，卻自己把餐點帶到桌子享用。

◆ 想要借用咖啡廳的「bagno」廁所，得先要消費才可以。大部分的咖啡廳的廁所有上鎖，消費後才拿得到鑰匙。

◆ 台灣的咖啡廳有許多插座以便客人充電、辦公、讀書。不要期待義大利咖啡廳提供同樣的服務。義大利人去咖啡廳純粹是為了吃喝、聊天、放鬆。再說，義大利的電費不像台灣一樣便宜，因此咖啡廳謝絕客人借用插座。

## 為「espresso」濃縮咖啡平反⋯⋯

在義大利，「caffè」是咖啡的統稱，卻也是「espresso」的近義詞，因此義大利人在咖啡廳點一杯「caffè」，他們指的是一杯「espresso」。義大利人可以天天喝1到3或更多杯的濃縮咖啡，卻不會導致心悸，他們究竟是怎麼辦到的呢？這是因為「espresso」的咖啡因含量比美式或手沖咖啡低。「espresso」的中文譯名為「濃縮咖啡」，而「濃縮」這個形容詞令人聯想到咖啡因含量高而濃的咖啡。其實，咖啡因含量跟萃取時間有關，萃取時間越長咖啡因含量越大，相反的，萃取時間越短咖啡因含量越低。「espresso」的直接翻譯是「快」，因為這種咖啡在高壓之下只需20至30秒就萃取完畢！難怪義大利人很喜歡點「ristretto」，因為這種咖啡的萃取時間比一般的濃縮咖啡還要短，所以咖啡因含量特別低，水量相對較少，咖啡香和味道特別濃！總之，將來別害怕點「espresso」！

## 為「cappuccino」卡布奇諾平反⋯⋯

和「espresso」一樣，「marocchino」和「macchiato」都以「tazzina」咖啡小杯盛裝。「cappuccino」以「tazza」卡布奇諾杯盛裝。「latte macchiato」和「caffelatte」則以玻璃杯盛裝。由此可見，義式咖啡絕對用不到馬克杯！為什麼呢？一來馬克杯專門用來裝美式咖啡，二來馬克杯的容量太大。難怪不少人在義大利以外的國家喝卡布奇諾會覺得不舒服，因為如果把卡布奇諾裝在馬克杯中，就不得不加過量的牛奶，因而妨礙消化！

caffelatte
加了咖啡的熱牛奶

在義大利，若想喝杯拿鐵，請不要點「latte」，不然只會收到一杯牛奶，因為在義大利「latte」一詞就是牛奶的意思。想喝拿鐵的話，請記得點「latte macchiato」。

latte macchiato
熱牛奶加濃縮咖啡和奶泡

caffè moka
摩卡咖啡

caffè marocchino
加了巧克力和奶泡的濃縮咖啡

在義大利，若想喝杯加巧克力的咖啡，請不要點「moka」，因為在義大利人的認知中，「moka」就是用摩卡壺煮出來的黑咖啡。想喝加巧克力的咖啡，記得要點「marocchino」，那你就會收到加了熱可可、可可粉和奶泡的濃縮咖啡。

要有心理準備：在義大利點「macchiato」不會收到加了焦糖的拿鐵，因為在義大利「macchiato」指的是加了奶泡的濃縮咖啡。為何義大利境內的義式咖啡的品名與世界各地的不同呢？可別怪罪義大利人！要怪就要怪星巴克的創辦人霍華·舒茲（Howard Schultz），年輕時出差去到米蘭的他愛上了義式咖啡文化，因而決定依樣畫葫蘆在美國創建仿照義大利咖啡廳模式的連鎖咖啡廳。可惜他義大利文沒學好，品名亂取一通！

caffè macchiato
加了奶泡的濃縮咖啡

說實在，不少人都覺得卡布奇諾很難消化，這是怎麼一回事呢？要製作出美味可口的卡布奇諾，得要注意以下3點：

◆ 奶泡的溫度不能超過65度：專業的咖啡師傅打奶泡時會注意溫度，因為牛奶加熱至65度以上會產生不易消化的成分，並失去甜味。

◆ 牛奶的比例不能太高：避免使用馬克杯喔！

◆ 卡布奇諾是早餐飲品：義大利人中午過後絕不喝卡布奇諾。請想想，誰喝豆漿搭配牛肉麵呢

奶泡

熱牛奶

咖啡

latte macchiato
熱牛奶加濃縮咖啡和奶泡

奶泡

熱牛奶

cappuccino
卡布奇諾

有的人偏好拿鐵勝過卡布奇諾，理由是他們認為卡布奇諾的咖啡味比拿鐵濃。其實拿鐵和卡布奇諾的唯一差異在於奶泡和熱牛奶的比例：卡布奇諾的奶泡比熱牛奶多，拿鐵的奶泡比熱牛奶少，但是咖啡和牛奶的量是一模一樣的！

# Alla cassa di un bar

在咖啡廳收銀臺

**重點提示** 請注意聽「客人要點什麼、要付多少錢」。

**關鍵單字** 請先記住關鍵單字,以便更容易聽懂音檔的內容。

**la cassa**:收銀臺 **lo scontrino**:發票

**il bar**:咖啡廳 **la birra**:啤酒

**聽聽看** 請先聽兩次音檔後回答以下問題,然後再聽一次確認聽懂了多
少。 ▶ MP3-03

**問題** 請回答以下問題,對的打〇,錯的打×。

1. (　) Il cliente ordina un panino prosciutto crudo e
mozzarella.
客人要點一個生火腿和莫札瑞拉起司帕尼尼。

2. (　) Il cliente paga 7 euro e 60.
客人付7.6歐元。

◆ Un panino prosciutto crudo e mozzarella…

一個生火腿和莫札瑞拉起司帕尼尼……

◇ Per favore, prima lo scontrino alla cassa.

請先到收銀臺買單。

Alla cassa

在收銀臺

◆ Un panino prosciutto crudo e mozzarella, e una birra.

一個生火腿和莫札瑞拉起司帕尼尼，還有一瓶啤酒。

◇ 7 euro e 60.

7.6歐元。

◆ Mi dispiace, non ho spicci.

抱歉，我沒有零錢。

◇ Non fa niente! Ecco il resto e lo scontrino.

沒關係！這是您的找零和發票。

 **必學 句型** 把下面的句型學起來，聽力原來這麼簡單！

・「mi dispiace」（抱歉）

Mi dispiace, ma il prosciutto crudo è finito!

抱歉，但是生火腿賣完了！

 **延伸 學習** 把下面的單字記起來，你就是聽力達人！

**il panino**：帕尼尼　　　　　**il salame**：臘腸

**il prosciutto cotto**：熟火腿　　**la mortadella**：粉紅大香腸

**lo speck**：煙燻生火腿

重點
提示　請注意聽「客人想點什麼」。

關鍵
單字　請先記住關鍵單字，以便更容易聽懂音檔的內容。

**offrire**：請客　　　　　　　　　**prendere**：點

聽聽看　請先聽兩次音檔後回答以下問題，然後再聽一次確認聽懂了多
少。　　　　　　　　　　　　　　　　　　　　　　　　▶ MP3-04

問題　請回答以下問題，對的打○，錯的打✕。

1. (　　) La donna vuole ordinare un espresso.
女子想要點一杯濃縮咖啡。

2. (　　) L'uomo vuole ordinare un panino.
男子想要點一份帕尼尼。

◆ Cosa ti offro?

我請妳什麼好呢？

◇ Mah, un caffè… anzi un macchiato.

呃，一杯咖啡……不，一杯瑪奇朵好了。

◆ Io prendo una spremuta e qualcosa da mangiare.
Vediamo… un tramezzino! E tu non mangi niente? Sicura?

我要點一杯現榨果汁和來點吃的。我們看看……一個三明治！妳
什麼都不吃嗎？確定？

◇ Sì, la mattina non mi va di mangiare. Mi basta un caffè o a
volte un cappuccino. A proposito, e tu niente caffè?

是的，我早上不想吃東西。只要一杯咖啡，有時候一杯卡布奇諾
就夠了。對了，你不喝咖啡嗎？

必學
句型　把下面的句型學起來，聽力原來這麼簡單！

・「non mi va di + 原形動詞」（不想……）

Non mi va di ballare stasera, preferirei andare al cinema.

我今晚不想跳舞，比較想去看電影。

延伸
學習　把下面的單字記起來，你就是聽力達人！

**la spremuta**：現榨果汁　　**il toast**：土司

**il frullato**：現打果汁　　**la focaccia**：佛卡夏

**il tramezzino**：三明治

# Al bar: ordinare la colazione
## 在咖啡廳：點早餐

**重點提示** 請注意聽「女子早餐吃什麼」。

**關鍵單字** 請先記住關鍵單字，以便更容易聽懂音檔的內容。

**il cappuccio**：卡布，與「cappuccino」同義

**la pesca**：水蜜桃

**聽聽看** 請先聽兩次音檔後回答以下問題，然後再聽一次確認聽懂了多少。

▶ MP3-05

**問題** 請回答以下問題，對的打○，錯的打×。

1. (　　) Il barista si chiama Mario.

   吧檯手名叫Mario。

2. (　　) La donna la mattina non beve caffè.

   女子早上不喝咖啡。

◆ Buongiorno Mario! Cappuccio e cornetto come sempre!

Mario早啊！跟平常一樣，一杯卡布和一個可頌麵包！

◇ Per me invece un succo di frutta alla pesca e un tramezzino.

我的話，一罐水蜜桃果汁和一份三明治。

◆ Io non capisco come fai la mattina ad iniziare la giornata senza un caffè?

我不明白妳怎麼有辦法早上不喝咖啡面對一整天？

◇ E io non capisco come fai la mattina a mangiare un cornetto alla crema?

我不明白你怎麼有辦法早上吃卡仕達醬可頌？

◆ Sarà perché io sono italiano e tu sei straniera? Voi donne straniere siete diverse da quelle italiane.

會不會是因為我是義大利人而妳是外國人？妳們外國女生跟義大利女生不一樣。

◇ Forse hai ragione. Paghi tu?

也許你是對的。你來買單？

◆ No, no... in realtà siete tutte uguali!

不，不……其實妳們女生都一樣！

必學句型　把下面的句型學起來，聽力原來這麼簡單！

・「in realtà」（其實）

In realtà lo sapevo già da una settimana che tua moglie è incinta.

你老婆懷孕的事，其實我已經知道一個禮拜了。

延伸學習　把下面的單字記起來，你就是聽力達人！

**i biscotti**：餅乾　　　　　　　　**il succo di frutta**：罐裝果汁

（○）.2　（○）.1：案答題問章前

 **重點提示** 請注意聽「女子決定點什麼」。

 **關鍵單字** 請先記住關鍵單字，以便更容易聽懂音檔的內容。

**il tè**：茶　　　　　　　　　　　　**la cioccolata calda**：熱可可

 **聽聽看** 請先聽兩次音檔後回答以下問題，然後再聽一次確認聽懂了多少。

▶ MP3-06

**問題** 請回答以下問題，對的打○，錯的打×。

1. (　　) Fa bel tempo.
   天氣很好。

2. (　　) La donna decide di ordinare un gelato.
   女子決定點一份冰淇淋。

◆ Oggi fa brutto tempo, piove e sto morendo di freddo!
今天天氣不好，在下雨，我快冷死了！

◇ Anch'io! Entriamo in questo bar e prendiamoci qualcosa di caldo da bere.
我也是！我們進去這家咖啡廳，喝點熱的東西吧。

◆ Va bene! Vediamo… il tè no perché se no poi non dormo.
好啊！讓我們看看……茶不行，不然我會睡不著。

◇ Quindi nemmeno un macchiato o un marocchino…
所以瑪奇朵或摩洛哥咖啡也不行……

◆ Precisamente! E allora? Non so cosa prendere.
正是！所以說？我不知道要點什麼。

◇ Una cioccolata calda!
一杯熱巧克力！

◆ Troppe calorie... meglio di no! Aspetta, come ho fatto a non pensarci prima? Un gelato!
熱量太高……最好不要！等等，我剛剛怎麼沒想到呢？來份冰淇淋！

◇ Ma mi prendi in giro?
妳在跟我開玩笑吧？

 必學
句型　把下面的句型學起來，聽力原來這麼簡單！

・「se no」（不然）

Dimmi la verità, se no mi arrabbio!
告訴我實話，不然我會生氣！

 延伸
學習　把下面的單字記起來，你就是聽力達人！

**il caffè espresso**：濃縮咖啡　　　　**il caffelatte**：加了咖啡的熱牛奶

（○）.2　（×）.1：答案題問頁直前

34

caffè espresso
濃縮咖啡

caffè ristretto
水分少一些的濃縮咖啡

caffè lungo
水分多一點的濃縮咖啡

caffè decaffeinato
低咖啡因濃縮咖啡

caffè corretto
加了甜酒的濃縮咖啡

caffè al vetro
玻璃小杯裝的濃縮咖啡

caffè con panna
佐鮮奶油的濃縮咖啡

caffè macchiato
加了奶泡的濃縮咖啡

caffè marocchino
加了巧克力和奶泡的濃縮咖啡

caffè doppio
雙倍濃縮咖啡

cappuccino
卡布奇諾

caffelatte
加了咖啡的熱牛奶

latte macchiato
熱牛奶加濃縮咖啡和奶泡

caffè freddo
冰咖啡

caffè shakerato
手搖冰咖啡

**Vorrei un cappuccino.**
我想要一杯卡布奇諾。

**Un cappuccino, grazie.**
一杯卡布奇諾,謝謝。

**Per me un cappuccino.**
請給我一杯卡布奇諾。

**Prendo un cappuccino.**
我喝一杯卡布奇諾。

**Posso usare il bagno?**
可以借用廁所嗎?

**Prendo una spremuta di arancia.**
我喝一杯現榨柳橙汁。

## 一樣都是果汁,價錢卻不同

✦ 「la spremuta」現榨果汁,是用檸檬榨汁器
  榨的,例如「la spremuta di limone」檸檬
  汁、「la spremuta di arancia」柳橙汁、「la
  spremuta di pompelmo」葡萄柚子汁、「la
  spremuta di agrumi」綜合柑橘果汁等。

✦ 「il frullato」現打果汁,是用果汁機打的,例如「il frullato di
  fragola」草莓汁、「il frullato di banana」香蕉汁、「il frullato di
  anguria」西瓜汁、「il frullato di ananas」鳳梨汁等。

✦ 「il succo di frutta」罐裝果汁,不使用新鮮的水果,故價錢比以
  上兩種便宜,例如「il succo alla pesca」桃子汁、「il succo alla
  pera」梨子汁、「il succo all'albicocca」杏桃汁、「il succo alla
  mela」蘋果汁等。

**Vorrei un tramezzino prosciutto e mozzarella.**
我想要一個火腿和莫札瑞拉三明治。

## 義大利最常見的鹹肉

il prosciutto cotto：熟火腿

il prosciutto crudo：生火腿

lo speck：煙燻生火腿

il salame：臘腸

la mortadella：粉紅大香腸

## 義大利最常見的起司

la burrata：布拉塔起司 　　 la ricotta：瑞可達起司

la fontina：芳提娜起司 　　 il pecorino：羊乾酪

la scamorza：斯卡莫扎起司 　 il gorgonzola：古岡左拉起司

il mascarpone：馬斯卡彭起司 　 la mozzarella：莫札瑞拉起司

il parmigiano：帕馬森起司

## 探索義大利文化

下次去義大利旅行……

☐ 請別總是點自己所熟悉的咖啡品項，不妨每次到咖啡廳時來點不同的咖啡，成為義式咖啡專家！

☐ 不妨體驗義大利的正統早餐，給自己目標，品嚐各種各樣早餐吃的「pasta」！熱量和糖分無疑超級高，一定不健康，但別擔心……回台後再減肥吧！

☐ 也可以安排時間參訪下列歷史悠久、古色古香的咖啡館（有的甚至有300年以上的歷史）：

　◆ 位於「Torino」杜林的「Caffè Fiorio」（1780）、「Caffè Mulassano」（1879）、「Baratti&Milano」（1858）、「Caffè San Carlo」（1822）和「Café Al Bicerin」（1763）；

　◆ 位於「Trieste」的里雅斯特的「Caffè degli Specchi」（1839）；

　◆ 位於「Venezia」威尼斯的「Caffè Florian」（1720）；

　◆ 位於「Roma」羅馬的「Antico Caffè Greco」（1760）；

　◆ 位於「Napoli」拿坡里的「Gran Caffè Gambrinus」（1860）。

享受美食

# Godere della buona cucina

米蘭

# 美麗的義大利文化

## 在義大利怎麼挑選餐廳

在台灣，餐廳的種類五花八門：早餐
店、宵夜店、居酒屋、熱炒店、火鍋店、
圓桌餐廳、飯店裡的餐廳、百貨公司的美
食街、鐵板燒、麵店、夜市路邊攤等。人
們根據不同的場合和預算來判斷去哪裡用
餐。同樣的，去義大利旅行，你也不見得

**學習重點**

★ 義大利餐廳須知
★ 義大利葡萄酒
★ 義式料理的特點
★ 餐廳相關片語

要天天上館子，以防破產！到底要去哪裡吃飯才不會太燒錢？要省錢，首
先要瞭解義大利不同類型餐飲場所的名稱。以下，我來介紹義大利餐飲場
所的種類，排列順序由最便宜到最貴的，讓你在義大利旅行時，每次都可
以找到符合你需求和預算的餐廳。

### 「focacceria」秤重披薩店

也叫做「pizza al taglio」，這類的店家會擺出許多不同口味、長方形、餅
皮稍厚的披薩。服務人員會依照你的指示為你切或剪下你想要的大小和口
味，再根據重量收費。以外帶為主，但是有些店家也會提供少許的座位或
吧檯。一整天營業，價位不高，算是最便宜的選項。

### 「rosticceria」熟食店

又名「tavola calda」。這種店販售炸物和烤雞，類似台灣的頂呱呱。一定
要試吃看看的一種炸物叫做「arancino」，即炸飯糰。「arancino」有不
同口味，最常見的是「arancino pomodoro e mozzarella」番茄和莫札瑞拉
炸飯糰，以及包肉醬和青豆的「arancino siciliano」西西里風味炸飯糰。
中午和晚上營業，價位不高，跟「focacceria」一樣算是最便宜的選項。

### 「bar」咖啡廳

除了喝咖啡或吃早餐,在咖啡廳也可以吃輕食,如佛卡夏、帕尼尼、三明治等。中午時段,不少咖啡廳也販售冷盤,如涼麵(原來義大利也有義式涼麵!)、沙拉、烤蔬菜等。晚上6點後是「aperitivo」開胃酒的時段。一整天營業,價位不高。

## 開胃酒

只要花7到20歐元(要看是什麼等級的咖啡廳),就能買到一杯飲料和開胃小菜。義大利人通常會點含酒精的飲料,如一杯「vino」葡萄酒、「prosecco」氣泡白葡萄酒、「cocktail」雞尾酒、「birra」啤酒等,但是也可以點「bevanda analcolica」無酒精飲料。吃「aperitivo」的時候,義大利人最常搭配的飲料叫做「Spritz」,此雞尾酒由「prosecco」氣泡白葡萄酒、「Aperol」利口酒和少許蘇打水做的。

### 「paninoteca」帕尼尼專賣店

這是只賣各種各樣口味的帕尼尼專賣店,以外帶為主,但是有些店家也會提供少許的座位。類似台灣的潛艇堡。中餐和晚餐都營業,價位不高。

### 「birreria」酒吧

也叫做「pub」,以賣「birra alla spina」生啤酒為主。通常只賣帕尼尼、炸物和沙拉,但是有些「pub」也賣披薩和義大利麵。只有晚上營業,價位不高。

*birra*

### 「pizzeria」披薩店

披薩店以販售「pizza」披薩為主，但是有些披薩店也兼賣簡單的前菜和甜點。只有晚上營業，因為在義大利人的認知中，「pizza」是晚餐的食物。不過在觀光地點附近的披薩店中餐也營業。價位不高。

*pizza
Margherita*

### 「trattoria」小餐館

如果不想花太多錢，卻不想只吃炸物、佛卡夏和披薩，就要來「trattoria」。在此能吃到前菜、義大利麵、湯品、燉飯、主餐，而且不用破費。「trattoria」的菜色都是正統的家常菜，服務親切，餐廳裝潢很樸素。中餐和晚餐營業，價位划算。

### 「osteria」小酒館

這種餐廳跟「trattoria」有一模一樣的氣氛、風格、傳統菜色和價位。唯一的差異是酒款的選項更豐富，因為這種店家主打葡萄酒。

### 「enoteca」酒窖

如果你熱愛葡萄酒卻不想在佈置太樸素的餐廳用餐，就要選擇「enoteca」。在此能品嚐各式各樣的葡萄酒，連非常昂貴的酒款都買得到。擺盤精緻，服務好，氣氛佳，佈置高檔，價位也偏高。只有晚餐才營業。

*vino*

### 「ristorante pizzeria」餐廳與披薩店

相比「ristorante」稍微便宜一些，除提供前菜、義大利麵、燉飯、湯品、主菜等，也賣披薩。

### 「ristorante」餐廳

在此，除了能吃到道地的傳統義式料理，也能品嚐到才華洋溢的主廚所設計的新菜色。請注意：高檔的「ristorante」不賣「pizza」！在「ristorante」能吃到前菜、義大利麵、燉飯、湯品、主餐、配菜和甜點。擺盤精緻，服務好，氣氛優雅，裝潢高檔，價位偏高。中餐和晚餐都營業。

## 在義大利餐廳應注意的事項

### 「il coperto」餐桌費

除了外帶餐廳之外，義大利大部分的餐廳都收一個叫做「il coperto」的費用。不少人以為「il coperto」等於「服務費」，其實它指的是用來補桌巾、擦嘴巾、玻璃杯和餐具清潔和保養的費用。

### 「la mancia」小費

在義大利餐廳不需要給小費，除非自己因為對服務品質實在太滿意因而想對服務生表示感激，那就把「la mancia」留在桌子上或者直接交給服務生。到底要給多少呢？5歐以上的小費都能讓服務生感受到賞識。當然餐廳越高檔，小費越高。

### 「il pane」麵包

你點餐後，服務生就把佐餐的飲料連同「il pane」送到桌子上。這時候請別謝絕麵包，更不用跟服務生說「我沒有點麵包」，因為義大利餐廳自動提供麵包。麵包吃完了，服務生就會幫你續麵包。有水準的客人不會把麵包吃個不停，或外帶回家。

## 淺談義大利葡萄酒

對葡萄酒一無所知的人挑起酒來總是束手無策！其實挑選一瓶葡萄酒沒有你想像中那麼複雜，只要學會讀懂標籤就行了！酒標上就有酒莊的名字、酒款和年份等資訊。因此，如果你剛好喝到合口味的葡萄酒，那就不妨記下酒款。如果你發現某個酒莊的不同酒款你都喜歡，最好把酒莊的名字也記下來。

不常喝葡萄酒的人，很容易把酒款和葡萄品種搞混。例如，「Nebbiolo」內比歐露是一個酒款，但也是葡萄品種的名稱。類似的，「Primitivo」皮米提沃、「Sangiovese」山吉歐維榭、「Negroamaro」黑曼羅、「Corvina」科維納、「Barbera」巴貝拉等像「Nebbiolo」，這些都是既是酒款又是品種的名稱。不過

也可以用同樣的品種釀造出不同酒款。例如，「Brunello」布魯內諾與「Chianti」奇揚地這兩個酒款，都是用「Sangiovese」山吉歐維榭這個品種釀造的。既然都是用同樣的葡萄品種，為什麼這些酒款的名稱會不一樣呢？純粹是為了讓人傷腦筋嗎？當然不是！之所以酒款名稱不同，是因為就算都是用同樣的品種釀出來的，但產區和釀酒的過程卻不同。舉個例子：「Barolo」巴羅洛和「Nebbiolo」內比歐露，這兩個都是用「Nebbiolo」內比歐露這個品種釀出來的，不過「Barolo」這個酒款只能使用出產自「Barolo」巴羅洛小鎮的「Nebbiolo」內比歐露葡萄，而且一定要在橡木桶熟成5年；而「Nebbiolo」內比歐露這個酒款卻不用受這些限制規範。DOC和DOGC的認證，可幫助消費者確認某個酒款是否是根據規定而釀造。

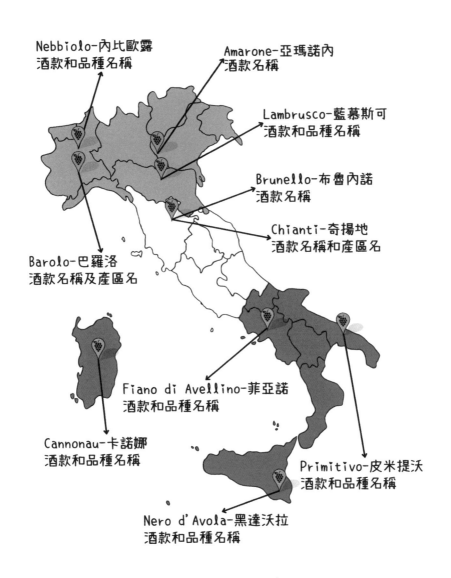

Nebbiolo-內比歐露
酒款和品種名稱

Amarone-亞瑪諾內
酒款名稱

Lambrusco-藍慕斯可
酒款和品種名稱

Brunello-布魯內諾
酒款名稱

Chianti-奇揚地
酒款名稱和產區名

Barolo-巴羅洛
酒款名稱及產區名

Fiano di Avellino-菲亞諾
酒款和品種名稱

Cannonau-卡諾娜
酒款和品種名稱

Primitivo-皮米提沃
酒款和品種名稱

Nero d'Avola-黑達沃拉
酒款和品種名稱

義大利最常見的葡萄酒

45

## 最常見的餐後酒

　　義大利人吃完飯後習慣喝餐後酒，藉此幫助消化和去除口腔中的咖啡苦味，因此這些餐後酒也被稱為「ammazzacaffè」咖啡殺手。最常見的餐後酒有：

### 「limoncello」檸檬酒

這種甜酒的發源地是南部的「Napoli」拿坡里附近的
「Amalfi」阿瑪菲。

*limoncello*

### 「grappa」蒸餾葡萄酒

這個烈酒的酒精濃度挺高的，跟台灣的高粱酒的酒精濃度一樣能超過40度。又好喝又著名的「grappa」都是從北義這三個大區來的：
「Veneto」維內托、「Piemonte」皮埃蒙特和「Lombardia」倫巴底。
「grappa」可以倒在濃縮咖啡中提升它的香味。

### 「amaro」草藥酒

中醫用草藥治病，義大利人用草藥釀造幫助消化的餐後酒。「amaro」的酒精濃度能高於30度，味道偏苦（事實上「amaro」的直譯是「苦的」），但市場上也有不苦的草藥酒。

### 「sambuca」八角甜酒

義大利人喜歡把一點「sambuca」倒在濃縮咖啡中修正「espresso」的苦味，也喜歡單獨喝，在小杯裡放進一顆稱為「mosca」蒼蠅的咖啡豆，因為咖啡豆彷彿蒼蠅般淹沒在酒精中。

重點提示　請注意聽「客人想訂幾位、什麼時候」。

關鍵單字　請先記住關鍵單字，以便更容易聽懂音檔的內容。

**il tavolo**：桌子　　　　　　**il numero di telefono**：電話號碼

聽聽看　請先聽兩次音檔後回答以下問題，然後再聽一次確認聽懂了多少。

▶ MP3-07

問題　請回答以下問題，對的打〇，錯的打✕。

1. (　　) La signora Colombo vuole prenotare un tavolo per due.
   Colombo女士想要訂一張兩人桌。

2. (　　) La signora Colombo vuole prenotare un tavolo per stasera alle 8.
   Colombo女士想要預訂今晚8點一桌。

◆ Ristorante "Da Mario", buongiorno!

「Da Mario」餐廳，您好！

◇ Buongiorno! Vorrei prenotare un tavolo per due per stasera alle 8.

您好！我想訂今晚8點一張兩人桌。

◆ Va bene! Come ha detto che si chiama?

好啊！您剛剛說您貴姓？

◇ Oh, mi scusi, Colombo, signora Colombo.

嗯，不好意思，Colombo，Colombo女士。

◆ Può lasciarmi il Suo numero di telefono, per favore?

可以請您留給我您的電話號碼嗎？

◇ Certo! 347...

當然可以！347……

 **必學句型** 把下面的句型學起來，聽力原來這麼簡單！

‧「vorrei + 原形動詞」（想要）

Cameriere, <u>vorrei</u> ordinare!

服務生，我想點餐！

 **延伸學習** 把下面的單字記起來，你就是聽力達人！

**stasera**：今晚

**stamattina**：今早

「**Buongiorno!**」：早安！／您好！

「**Buonasera!**」：晚安！／您好！

# 08 AI ristorante
在餐廳

**重點提示** 請注意聽「客人是否訂位、要點什麼」。

**關鍵單字** 請先記住關鍵單字，以便更容易聽懂音檔的內容。

**il menù**：菜單　　　　　　　　　　**l'antipasto**：前菜
**la carta dei vini**：酒單

**聽聽看** 請先聽兩次音檔後回答以下問題，然後再聽一次確認聽懂了多少。
▶ MP3-08

**問題** 請回答以下問題，對的打○，錯的打×。

1.（　）Il cliente ha una prenotazione.
　　　　客人訂位了。

2.（　）Il cliente ordina un antipasto.
　　　　客人要點一道前菜。

**請對照中義翻譯，確認是不是掌握所有內容了！**

◆ Buonasera! Benvenuto! Ha una prenotazione?

　您好！歡迎光臨！您有訂位嗎？

◇ No, mi dispiace!

　沒有，很抱歉！

◆ Non c'è problema! Questo tavolo va bene?

　沒關係！這一桌可以嗎？

◇ Sì, grazie!

　可以，謝謝！

◆ Ecco il menù e la carta dei vini.

　這是菜單和酒單。

　Più tardi.

　稍後。

◇ Cameriera, vorrei ordinare, grazie.

　服務生，我想要點餐，謝謝。

◆ Prego, mi dica! Cosa desidera?

　請告訴我！您想要來些什麼？

◇ Per antipasto prendo un'insalata di mare, grazie.

　前菜我要點一份海鮮沙拉，謝謝。

 必學句型 **把下面的句型學起來，聽力原來這麼簡單！**

・「Per primo + prendo + 菜色名稱」（第一道菜 + 要點 + 菜色名稱）
Per primo prendo il risotto alla milanese.
第一道菜我要點米蘭燉飯。

 延伸學習 **把下面的單字記起來，你就是聽力達人！**

**il primo**：第一道菜，指的是義大利麵、燉飯和湯品

**il secondo**：第二道菜，指的是主餐

（○）2 （×）1：案答題問章本

重點
提示　請注意聽「客人要點什麼」。

關鍵
單字　請先記住關鍵單字，以便更容易聽懂音檔的內容。

**consigliare**：建議、推薦　　　　**la bottiglia**：瓶子

聽聽看　請先聽兩次音檔後回答以下問題，然後再聽一次確認聽懂了多
　　　　少。　　　　　　　　　　　　　　　　　　　　　▶ MP3-09

問題　請回答以下問題，對的打○，錯的打×。

1. (　　) Il cliente ordina un primo, un secondo e un contorno.
客人要點第一道菜、第二道菜和配菜。

2. (　　) Il cliente ordina un bicchiere di vino rosso.
客人要點一杯紅酒。

◆ Cosa mi consiglia?

您推薦我來點什麼？

◇ I bucatini all'amatriciana sono la nostra specialità.

醃豬頰肉番茄吸管麵是我們的招牌菜。

◆ D'accordo!

好的！

◇ Prende anche un secondo?

您也想點第二道菜嗎？

◆ Sì! Come secondo vorrei dei saltimbocca alla romana.

是的！第二道菜我想要來點羅馬式煎小牛肉火腿卷。

◇ E per contorno delle patate al forno?

配菜的話，來點烤馬鈴薯如何？

◆ Va bene! E una mezza bottiglia di vino rosso.

好啊！還要半瓶紅酒。

必學句型　把下面的句型學起來，聽力原來這麼簡單！

・「Come antipasto / primo / secondo / contorno + vorrei + 菜色名稱」（前菜 / 第一道菜 / 第二道菜 / 配菜 + 我想（點）+ 菜色名稱）

Come primo vorrei il risotto alla zucca.

第一道菜我想點南瓜燉飯。

延伸學習　把下面的單字記起來，你就是聽力達人！

**le penne**：筆管麵　　　　　　　　**i fusilli**：螺旋麵

解答：1.（○）2.（×）

52

 **重點提示** 請注意聽「客人要點什麼」。

 **關鍵單字** 請先記住關鍵單字，以便更容易聽懂音檔的內容。

**il vitello**：小牛肉　　　　　　　　　**il pesce**：海鮮

**聽聽看** 請先聽兩次音檔後回答以下問題，然後再聽一次確認聽懂了多少。

▶ MP3-10

**問題** 請回答以下問題，對的打〇，錯的打✕。

1. （　　） Il cliente ordina una frittura di pesce.
　　　　　客人要點一份炸海鮮。

2. （　　） Il cliente ordina un vino bianco.
　　　　　客人要點一杯白葡萄酒。

◇ Cosa mi consiglia?

您推薦我來點什麼？

◆ Abbiamo della carne di vitello molto buona.

我們有上好的小牛肉。

◇ No, non mangio carne.

不，我不吃肉。

◆ Allora può prendere una frittura di pesce. È freschissimo!

那麼您可以來份炸海鮮。很新鮮哦！

◇ Sì, il pesce va bene. E per primo lasagne.

好的，海鮮很好。第一道菜的話，我要千層麵。

◆ Lasagne... bene. Vino?

千層麵……好的。酒呢？

◇ Un rosso della casa.

一杯招牌紅酒。

必學
句型 **把下面的句型學起來，聽力原來這麼簡單！**

．「形容詞 + -issimo」（非常）：在形容詞加後綴「-issimo」來
表達「非常」的意思。

Questo risotto non è buono, ma buon<u>issimo</u>.

這道燉飯不止好吃，是非常好吃的。

 **把下面的單字記起來，你就是聽力達人！**

**la carne di maiale**：豬肉　　　　**la carne di agnello**：羊肉

**la carne di manzo**：牛肉

# 11 Ordinare al ristorante
在餐廳點餐（三）

**重點提示**　請注意聽「客人要點什麼」。

**關鍵單字**　請先記住關鍵單字，以便更容易聽懂音檔的內容。

**le zucchine**：櫛瓜　　　　　　　**il pomodoro**：番茄
**i gamberetti**：蝦仁

**聽聽看**　請先聽兩次音檔後回答以下問題，然後再聽一次確認聽懂了多少。　　　▶ MP3-11

**問題**　請回答以下問題，對的打〇，錯的打✕。

1. （　　）Il cliente ordina un primo e un secondo.
　　　　客人要點第一道菜和第二道菜。

2. （　　）Il cliente ordina un bicchiere di vino rosso.
　　　　客人要點一杯紅酒。

◆ Come sono le tagliatelle della casa?

招牌鳥巢麵怎麼調味？

◇ Con zucchine, gamberetti e panna.

加櫛瓜、蝦仁和奶油。

◆ Ah no, grazie! Sono allergico alla panna. Che cosa sono gli gnocchi al ragù?

噢，那算了，謝謝！我對奶油過敏。肉醬馬鈴薯疙瘩麵是什麼？

◇ Sono pasta fatta in casa, sono molto buoni.

那是自製手工義大利麵，非常好吃。

◆ Sì, mi piace la pasta fatta in casa. È possibile al pomodoro? Preferisco non mangiare il ragù.

好的，我喜歡自製手工義大利麵。可以做成紅醬嗎？我不想吃肉醬。

◇ Certo! E per secondo?

當然可以！第二道菜呢？

◆ Una scaloppina al limone.

來份檸檬肉片。

◇ Un bicchiere di vino?

來杯葡萄酒嗎？

◆ No no, non bevo vino, grazie!

不不，我不喝葡萄酒，謝謝！

必學 句型 把下面的句型學起來，聽力原來這麼簡單！

‧「Sono allergico a...」（對……過敏）

Sono allergico ai frutti di mare.

我對海鮮過敏。

延伸 學習 把下面的單字記起來，你就是聽力達人！

**il gambero**：蝦子　　　　　　　　**il granchio**：螃蟹

（×）2 （○）1：案答題問頁直垂

56

# Al ristorante: ordinare il vino
## 在餐廳：點葡萄酒

 **重點提示**　請注意聽「客人要點什麼葡萄酒」。

 **關鍵單字**　請先記住關鍵單字，以便更容易聽懂音檔的內容。

**il vino frizzante**：有氣泡的葡萄酒
**il vino fermo**：沒有氣泡的葡萄酒

**聽聽看**　請先聽兩次音檔後回答以下問題，然後再聽一次確認聽懂了多少。

▶ MP3-12

**問題**　請回答以下問題，對的打〇，錯的打×。

1.（　　）La donna preferisce il vino rosso.
女子更喜歡紅酒。

2.（　　）Alla donna piacciono i vini fruttati.
女子喜歡帶有果香的葡萄酒。

◆ Allora? Cosa prendiamo da bere?

所以說？我們要喝些什麼？

◇ Questa carta dei vini è infinita!

這份酒單根本沒完沒了！

◆ Vediamo… rosso o bianco?

讓我們看看……紅酒還是白酒呢？

◇ Preferisco il vino bianco al vino rosso.

我喜歡白酒勝過紅酒。

◆ Frizzante o fermo?

有氣泡的還是沒有氣泡的？

◇ Fermo. 沒有氣泡的。

◆ Fruttato o secco?

帶有果香的還是乾型的？

◇ Secco. 乾型的。

◆ Italiano o straniero?

義大利酒還是外國酒？

◇ Italiano. 義大利酒。

◆ Ci sono! Ordiniamo un Vermentino!

有喔！我們點維曼堤諾吧！

必學句型　把下面的句型學起來，聽力原來這麼簡單！

・「Preferisco + A + a + B」（喜歡A勝過B）

Preferisco il caffè al tè.

我喜歡咖啡勝過茶。

延伸學習　把下面的單字記起來，你就是聽力達人！

**secco**：乾型的　　　　　　　　　　**robusto**：飽滿的

**重點提示** 請注意聽「客人要點什麼」。

**關鍵單字** 請先記住關鍵單字，以便更容易聽懂音檔的內容。

le verdure：蔬菜　　　　　　la cipolla：洋葱
l'aglio：大蒜

**聽聽看** 請先聽兩次音檔後回答以下問題，然後再聽一次確認聽懂了多少。　　　　　　　　　　　　　　　　　　　　▶ MP3-13

**問題** 請回答以下問題，對的打〇，錯的打✕。

1.（　　）Il cliente ordina le tagliatelle.
　　　　客人要點鳥巢麵。

2.（　　）Il cliente ordina una bottiglia di acqua naturale.
　　　　客人要點一瓶礦泉水。

**請對照中義翻譯，確認是不是掌握所有內容了！**

◆ Scusi, mi porta il menù per favore?
不好意思，可以拿菜單給我嗎？

◇ Subito! 馬上！

◆ Sono vegetariano. Cosa mi suggerisce?
我吃素。您推薦來點什麼？

◇ Le tagliatelle ai funghi porcini.
牛肝菌鳥巢麵。

◆ C'è la panna? 有加奶油嗎？

◇ Possiamo farli senza panna.
可以不加奶油。

◆ Ottimo! Allora, le tagliatelle e poi un piatto di verdure grigliate. A proposito, dimenticavo, non mangio né aglio, né cipolla.
太棒了！那就一盤鳥巢麵和一盤烤蔬菜。對了，差點忘了，大蒜和洋蔥我都不吃。

◇ Non c'è problema. Da bere?
沒問題。喝的部分呢？

◆ Una bottiglia di acqua frizzante, grazie!
一瓶氣泡水，謝謝！

 **把下面的句型學起來，聽力原來這麼簡單！**

・「Ottimo!」（太棒了！）
La prossima settimana lavoriamo in remoto? <u>Ottimo!</u>
下週我們用遠距的方式工作嗎？太棒了！

 **把下面的單字記起來，你就是聽力達人！**

**le zucchine**：櫛瓜　　　　　　**le melanzane**：茄子

前頁問題解答：1.（○）2.（×）

60

# Al ristorante: pagare il conto
在餐廳：結帳

 重點提示　請注意聽「客人要點什麼」。

 關鍵單字　請先記住關鍵單字，以便更容易聽懂音檔的內容。

「**Basta così!**」（這樣就夠了！）

聽聽看　請先聽兩次音檔後回答以下問題，然後再聽一次確認聽懂了多少。

▶ MP3-14

問題　請回答以下問題，對的打〇，錯的打✕。

1. (　　) Il cliente ordina un espresso e una grappa.
   客人點一杯濃縮咖啡和一杯葡萄蒸餾酒。

2. (　　) Il cliente lascia la mancia.
   客人留下小費。

◆ Un caffè macchiato per la signora e un bicchiere di grappa per me.

女士要一杯咖啡瑪奇朵，然後我要一杯葡萄蒸餾酒。

◇ Per caso volete provare il nostro tiramisù?

你們會不會想嘗試看看本店的提拉米蘇？

◆ No, basta così... e poi il conto, per favore.

不用，這樣就夠了……然後，請幫我們結帳。

Più tardi.

稍後。

◇ Ecco a Lei il resto.

這是您的找零。

◆ No no, va già bene così, il resto è mancia.

不不，不用了，剩下的當小費。

必學句型　把下面的句型學起來，聽力原來這麼簡單！

・「già」（已經）

Sono solo le 9 di mattina e sono <u>già</u> stanco.

現在才早上9點而已，但是我已經累了。

延伸學習　把下面的單字記起來，你就是聽力達人！

**la panna cotta**：烤奶酪　　**il millefoglie**：千層派
**l'affogato**：漂浮冰淇淋

（○）2 （×）1：案答鷗問頁直似

62

# 萬能的旅遊片語

　　正統義式料理菜單的編排是固定的：第一頁是「antipasti」前菜；第二頁是「primi」包含「pasta」義大利麵、「risotti」燉飯和「zuppe」湯品；第三頁是「secondi」主餐，可以是肉類或海鮮類；第四頁是「contorni」配菜，就是搭配主餐的蔬菜；第五頁是「dolci」甜點；最後是「bevande」飲品。義大利麵、燉飯和湯品都算是第一道菜，因此要三選一，不可以又點燉飯又點義大利麵。若怕吃不下，建議你點一份前菜和一份第一道菜，或者一份前菜和一份主餐和配菜，再或者一份第一道菜和一份主餐和配菜。想讀懂菜單，就得學會以下最常見麵型、肉類、海鮮和蔬菜的名稱。

## 最常見的麵型

gli spaghetti：麵條

le penne：筆管麵

i fusilli：螺旋麵

le orecchiette：貓耳朵麵

i rigatoni：水管麵

le linguine：扁麵

le tagliatelle：鳥巢麵

i tortellini：帽子餃

i ravioli：方餃

gli gnocchi：馬鈴薯疙瘩麵

對華人來說「spaghetti」是義大利麵的代名詞，不過對義大利人來說「spaghetti」只是「pasta」義大利麵的一種麵型。

義大利麵 = pasta
義大利麵條 = spaghetti

## 最常見的肉類

la carne di maiale：豬肉
la carne di manzo：牛肉
la carne di vitello：小牛肉
la carne di agnello：羊肉

la carne di cavallo：馬肉
la carne di coniglio：兔肉
la carne di pollo：雞肉

## 最常見的海鮮

il gambero：蝦子
i gamberetti：蝦仁
il polpo：章魚
il granchio：螃蟹
l'aragosta：龍蝦
le vongole：蛤蜊
le cozze：淡菜
le capesante：干貝

## 最常見的蔬菜

le zucchine：櫛瓜
le melanzane：茄子
i peperoni：甜椒
la zucca：南瓜
le patate：馬鈴薯
i funghi：菇
i carciofi：朝鮮薊
gli asparagi：蘆筍

## 描述葡萄酒最常用的形容詞

secco：乾型的（形容酒的口感）
dolce：甜的
fruttato：帶有果香的
robusto：飽滿的
frizzante：有氣泡的
fermo：沒有氣泡的

**Un tavolo per due, grazie!**
兩人桌，謝謝！

**Il menù, grazie!**
菜單，謝謝！

**La carta dei vini, per favore.**
請給我酒單。

**Un aperitivo, grazie. Da bere prendo un calice di vino rosso.**
一個開胃酒，謝謝。我喝一杯紅酒。

**Come[1] antipasto, prendo[2] un'insalata di mare, grazie.**
前菜我點海鮮沙拉，謝謝。

**Come[1] primo, prendo[2] le linguine ai frutti di mare, grazie.**
第一道菜我點海鮮扁麵，謝謝。

**Come[1] secondo, prendo[2] una bistecca di manzo alla brace, grazie.**
主餐我點炭烤牛排，謝謝。

**Come[1] contorno, prendo[2] le patate al forno, grazie.**
配菜我點烤馬鈴薯，謝謝。

**Come[1] dolce, prendo[2] un tiramisù, grazie.**
甜點我點提拉米蘇，謝謝。

**Per me una pizza ai quattro formaggi.**
我點一個四種起司披薩。

[1] 「come」也可以改成「per」，例如：
　「Per antipasto un'insalata di mare, grazie.」

[2] 「prendo」也可以改成「vorrei」，甚至能省略，例如：
　「Per antipasto, vorrei un'insalata di mare, grazie.」
　「Per antipasto, un'insalata di mare, grazie.」

**Vorrei un vino bianco fruttato. Cosa mi suggerisce?**
我想要一個帶有果香味的白葡萄酒。您推薦什麼？

**Un calice di Barolo, grazie.**
一杯巴羅洛，謝謝。

**Una birra scura media alla spina, grazie.**
一杯中杯黑生啤酒，謝謝。

**Il conto, grazie!**
賬單，謝謝！

## 探索義大利文化

下次去義大利旅行……

☐ 千萬不要只點你熟悉的菜色，如青醬義大利麵、肉醬義大利麵等，因為義大利料理不止義大利麵和披薩！建議你把握機會試吃不同前菜和主餐，嚐試在國內吃不到的美味菜色。例如，強烈推薦大家勇於嘗試越多越好的「antipasti」前菜，因為這些菜色的擺盤和顏色非常多采多姿，能完美地體現主廚的創意和美感。

☐ 請你試試看「aperitivo」，來杯著名的「Spritz」，試吃各式各樣的開胃菜。鼓勵你也找一家「trattoria」，好好品嚐道地的傳統義式料理。

☐ 不妨多方品嚐各種酒款。也可以安排時間到酒莊品酒，深入了解葡萄酒的製造過程及保存方式。舉例來說，可以參訪這3個產區的酒莊：位於「Piemonte」皮埃蒙特的「Langhe」蘭格產區、位於「Veneto」威尼托的「Valpolicella」瓦爾波利切拉產區、和位於「Toscana」托斯卡納的「Chianti」奇揚地產區。

購物

# Fare spese

威尼斯

# 美麗的義大利文化

為何要去義大利旅行呢？有的人是為了欣賞迷人浪漫的風景，有的人是為了親眼看到在藝術課本上學過的藝術作品和建築，有的人是為了享受美食，有的人是為了……購物！舉例來說，在義大利買「Prada」的皮件，比在東方任何國家的

## 學習重點

★ 義大利知名時尚品牌
★ 服飾店相關片語
★ 義大利名產

百貨公司便宜！而直接在義大利購買橄欖油和葡萄酒可以省下不少錢！

說到義大利一定會想到許多服飾配件名牌，例如：

Valentino　Giorgio Armani　Prada　Moschino　D&G　Geox

Roberto Cavalli　Tod's　Fendi　Versace　Miss Sixty　Bvlgari

Trussardi

Max Mara　Gucci　Diesel　Furla　Missoni　Benetton

Miu Miu　Salvatore Ferragamo

> 在羅馬的「Via dei Condotti」（「Piazza di Spagna」西班牙廣場對面前的街道）和「Via del Corso」（從「Piazza Venezia」威尼斯廣場延伸到「Piazza del Popolo」人民廣場的街道）這兩條街道，是羅馬的名牌街。米蘭的名牌街叫做「Via Monte Napoleone」。

在這個單元你會發現義大利除了名牌、橄欖油和葡萄酒之外，還有哪些值得購買的特產以及哪裡可以買得到。

# 15 In un negozio di abbigliamento
## 在一家服飾店（一）

 **重點提示** 請注意聽「客人想試穿什麼、怎麼付錢」。

 **關鍵單字** 請先記住關鍵單字，以便更容易聽懂音檔的內容。

**la vetrina**：櫥窗      **stretto**：緊的

**la taglia**：尺寸

**聽聽看** 請先聽兩次音檔後回答以下問題，然後再聽一次確認聽懂了多少。

▶ MP3-15

**問題** 請回答以下問題，對的打○，錯的打×。

1. (　　) Il cliente vuole provare un cappotto.

客人想試穿一件大衣。

2. (　　) Il cliente paga in contanti.

客人付現。

69

◆ Posso provare il giubbotto verde in vetrina?

可以試穿櫥窗裡的綠色外套嗎？

◇ Certo! Che taglia?

可以啊！什麼尺寸呢？

◆ La emme. Ehm… è stretto!

M號。嗯……很緊！

◇ Provi la elle.

請試穿L號。

◆ D'accordo! Sì, mi sta bene. Quanto costa?

好啊！嗯，很合身。多少錢？

◇ 90 euro.

90歐元。

◆ Posso pagare con carta?

可以刷卡嗎？

必學句型　把下面的句型學起來，聽力原來這麼簡單！

・「posso + 原形動詞?」（可以……嗎？）

<u>Posso</u> vedere quelle cravatte a righe?

可以看一下那些條紋領帶嗎？

延伸學習　把下面的單字記起來，你就是聽力達人！

**rosso**：紅色的　　　　　**nero**：黑色的

**giallo**：黃色的　　　　　**grigio**：灰色的

**bianco**：白色的

（×）2　（×）1：答題問頁頂見

# 16 In un negozio di abbigliamento
## 在一家服飾店（二）

重點
提示 請注意聽「客人想買什麼」。

關鍵
單字 請先記住關鍵單字，以便更容易聽懂音檔的內容。

**a tinta unita**：素色的　　　　　**arancione**：橘色的

**celeste**：淺藍色的

聽聽看 請先聽兩次音檔後回答以下問題，然後再聽一次確認聽懂了多
少。　　　　　　　　　　　　　　　　　　　▶ MP3-16

問題 請回答以下問題，對的打〇，錯的打×。

1.（　　）Il cliente vuole comprare un maglione.
　　　　　客人想買一件毛衣。

2.（　　）Il cliente vuole anche comprare una cravatta.
　　　　　客人也想買一條領帶。

◆ Vorrei una camicia a tinta unita.

我想要一件素色的襯衫。

◇ Di che colore?

什麼顏色的呢？

◆ Non so… forse celeste.

不知道……也許淺藍色吧。

◇ La taglia?

您穿幾號？

◆ Porto la 50. La posso provare?

我穿50號。可以試穿嗎？

◇ Sì! Il camerino è lì.

可以！更衣室在那裡。

◆ Sì, mi sta bene! Magari ci abbino una cravatta arancione.

嗯，很合身！也許我可以搭配一條橘色的領帶。

必學
句型 把下面的句型學起來，聽力原來這麼簡單！

・「porto la + 尺寸」（我穿 + 尺寸）

Porto la esse.

我穿S號。

延伸
學習 把下面的單字記起來，你就是聽力達人！

**a quadri**：格紋的　　　　　　**verde**：綠色的

**a fiori**：碎花的　　　　　　**marrone**：咖啡色的

**a righe**：條紋的

（○）.2　（×）.1：答解題問真直與

72

**重點提示** 請注意聽「客人要買什麼、怎麼付錢」。

**關鍵單字** 請先記住關鍵單字，以便更容易聽懂音檔的內容。

**un paio di**：一雙　　　　　　　　**la carta di credito**：信用卡

**聽聽看** 請先聽兩次音檔後回答以下問題，然後再聽一次確認聽懂了多少。
▶ MP3-17

**問題** 請回答以下問題，對的打○，錯的打✕。

1.（　）Il cliente compra un paio di sandali.
客人要買一雙涼鞋。

2.（　）Il cliente paga con carta di credito.
客人刷卡付款。

73

**原文** 請對照中義翻譯，確認是不是掌握所有內容了！

◆ Vorrei comprare un paio di scarpe da ginnastica.

我想買一雙運動鞋。

◇ Queste sono in offerta!

這些有優惠喔！

◆ Davvero? Posso provare questo paio blu?

真的假的？可以試穿這雙藍色的嗎？

◇ Certo. Che numero porta?

當然可以。您穿幾號？

◆ Il 42. 42號。

◆ Sono comode. Quanto costano?

很舒服。多少錢？

◇ 38 euro. 38歐元。

◆ Posso pagare con carta?

可以刷卡嗎？

◇ Mi dispiace, il POS è rotto.

很抱歉，刷卡機壞了。

 **必學句型** 把下面的句型學起來，聽力原來這麼簡單！

・「Davvero?」（真的假的？）

<u>Davvero?</u> Paolo ha lasciato la moglie? Incredibile!

真的假的？Paolo離開他老婆了？難以置信！

 **延伸學習** 把下面的單字記起來，你就是聽力達人！

**le ciabatte**：拖鞋 　　　**le scarpe di pelle**：皮鞋

**le scarpe col tacco**：高跟鞋 　　　**gli stivali**：靴子

（×）.2 （×）.1：答解題問頁前

# 18 Alla cassa di un negozio
在某家商店的收銀臺

重點
提示　請注意聽「客人要買什麼東西、花多少錢」。

關鍵
單字　請先記住關鍵單字，以便更容易聽懂音檔的內容。

「Mi fa uno sconto?」（可以給我打折嗎？）

聽聽看　請先聽兩次音檔後回答以下問題，然後再聽一次確認聽懂了多
少。　　　　　　　　　　　　　　　　　　　　　　　▶ MP3-18

問題　請回答以下問題，對的打○，錯的打×。

1.（　）Il cliente compra 3 paia di scarpe.
　　　客人要買3雙鞋子。

2.（　）Il cliente spende 226 euro.
　　　客人花226歐元。

◆ Anche queste scarpe sono in offerta?
　這一雙鞋也有優惠嗎？

◇ No, mi dispiace!
　沒有，很抱歉！

◆ Quanto costano?
　多少錢？

◇ 87 euro.
　87歐元。

◆ Sono un po' care... ma mi piacciono troppo! Quant'è?
　有一點貴……但是我超喜歡！多少錢？

◇ In totale sono 226 euro.
　總共226歐元。

◆ Sto comprando 3 paia di scarpe... Mi fa uno sconto?
　我買3雙鞋子……可以幫我打折嗎？

◇ Mi dispiace, ma non posso, i prezzi sono fissi.
　抱歉，不行，不二價。

◆ Peccato! Allora compro solo questo paio.
　真可惜！那我就只買這一雙。

 把下面的句型學起來，聽力原來這麼簡單！

・「Peccato!」（真可惜！）

Peccato! Me ne sono accorto troppo tardi!
真可惜！我太晚發現了！

 把下面的單字記起來，你就是聽力達人！

**un paio di guanti**：一副手套　　　**un paio di occhiali**：一副眼鏡

**un paio di calzini**：一雙襪子　　　**economico**：便宜的

聽力測驗解答：1.（×） 2.（×）

76

**Posso vedere quella camicia?**
可以看那件襯衫嗎？

**Vorrei una cravatta di seta.**
我想要一條絲做的領帶。

**Posso vedere quella camicia a quadri?**
可以看那件格紋的襯衫嗎？

## 布料

seta：蠶絲

cotone：棉

lana：羊毛

lino：麻

velluto：天鵝絨

poliestere：聚酯纖維

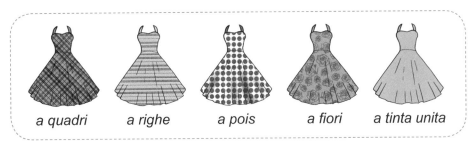

*a quadri*    *a righe*    *a pois*    *a fiori*    *a tinta unita*

**Posso provare questa gonna?**
可以試穿這條裙子嗎？

**Che colori ci sono?**
有什麼顏色？

*bianco*    *nero*    *grigio*    *rosso*    *giallo*    *arancione*

*verde*    *celeste*    *marrone*    *rosa*    *viola*    *blu*

**Che numero?**
幾號（鞋子）？

**Porto la esse.**
我穿S號。

**Che taglia?**
什麼尺寸？

尺寸

S：esse　　　L：elle
M：emme　　XL：ics-elle

**Dov'è il camerino?**
更衣室在哪裡？

grande：大的 ≠ piccolo：小的
aderente：貼身的

**Il pantalone è troppo largo.**
褲子太寬了。

*stretto ≠ largo*　　　*corto ≠ lungo*

**Quanto costa?**
多少錢？

**Mi fa uno sconto?**
可以幫我打折嗎？

**Mi può fare un prezzo migliore?**
可以算我比較好的價錢嗎？

**È in offerta?**
有優惠嗎？

**Posso pagare con carta?**
可以刷信用卡嗎？

義大利人購物時普遍沒有講價或要求折扣的習慣，除了標示有「offerta」優惠或「sconto」折扣的商品外，都是「prezzo fisso」不二價。在義大利，有全國同步進行的「出清折扣季」：「saldi invernali」冬季折扣季從主顯節前的第一個工作日開始，「saldi estivi」夏季折扣季則從7月的第一個星期六開跑，為期60天。欲知詳細日期，可至http://www.sottocoperta.net/eventi/saldi.asp 網頁查詢。

## 探索義大利文化

華人出門旅遊，不可空手而歸，一定要備好伴手禮分送給親朋好友。去宜蘭玩一定會買牛舌餅，去花蓮就會買麻糬，去台中就要買太陽餅，去澎湖要買黑糖糕等。去義大利旅行要買什麼帶回家跟親朋好友分享呢？以下是義大利必買的幾種特產：

☐ 「vino」葡萄酒：義大利葡萄酒算是日常用品，品質佳且價位平實（有關義大利最有名的葡萄酒酒款，請看Unità 03）。

☐ 「limoncello」檸檬酒：南義盛產檸檬，並製成香醇美味的檸檬酒。除了檸檬酒，也可以買其他義大利人常喝的利口酒（有關義大利最常見的餐後酒，請看Unità 03）。

☐ 「salumi」鹹肉、「formaggi」起司、「olio d'oliva」橄欖油和「aceto balsamico」陳年醋都是義大利餐桌上必不可少的！（至於一定要試吃的鹹肉和起司，請看Unità 02）

☐ 「cioccolato」巧克力：你愛吃金沙巧克力嗎？金沙巧克力是「Ferrero」費列羅集團的產品，這家公司位於西北義的「Piemonte」皮埃蒙特大區。除了金沙，費列羅還生產其他不外銷、唯有在義大利才能買到的巧克力產品！此外，中部的「Umbria」溫布里亞大區的巧克力也有長久的歷史，「Perugina」是此地最負盛名的巧克力品牌。

☐ 「caffè」咖啡：在義大利非常普遍、到處可見的咖啡品牌為「Torino」杜林的「Lavazza」、「Trieste」的里雅斯特的「Illy」、「Napoli」拿坡里的「Kimbo」、「Roma」羅馬的「Tazza d'oro」、「Lecce」雷契的「Quarta」。

☐ 「casalinghi」家庭用品：全球屬一屬二的義大利設計，提供廠商設計出許多既實用又可愛的家庭用品，「Alessi」和「Bialetti」就是其中最著名的品牌。例如，Bialetti的摩卡咖啡壺就是典型的義大利伴手禮，這個咖啡壺採用最高級的鋁，品質優良有保障，是義大利人天天用來煮咖啡的好幫手。

☐ 「pelletteria」皮件：在「Toscana」托斯卡納觀光，絕對不能不買當地的皮件，大街小巷中隨處可見的皮件攤販，銷售著皮衣、皮帶、小零錢包、皮包、皮手環等。

☐ 「ceramica」陶瓷：在「Sicilia」西西里觀光，可別錯過在地生產的陶瓷製品。

在哪裡過夜

# Dove passare la notte

阿爾貝羅貝洛

# 美麗的義大利文化

規劃行程時，需要選擇目的地和交通工具，以及決定到當地後要品嚐哪些美食、參觀哪些觀光地點、在哪裡過夜。不可否認，旅館是行程中非常關鍵的因素，因為就算我們去到了一個美不勝收的城市，但如果訂的旅館服務很差，對當地的印象和感受必然會大打折扣。

在這個單元，你將會學習如何挑選義大利當地最符合你需求的住宿。有的旅客偏好市中心繁華熱鬧區域的旅館，有的旅客卻偏好位置稍微偏僻以安靜取勝的旅館。有的旅客沒有預算的限制，旅館的服務越多越好，有的旅客卻為了控制開銷，樂意放棄「piscina」游泳池、「palestra」健身房、「centro benessere」養生會館等這類的服務。有的旅客自駕旅遊，所以能接受離火車站和市中心較遠的旅館，有的旅客搭乘大眾運輸旅遊，只好住在離火車站和觀光地點較近的旅館。

## 義大利住宿的類別

### 「albergo」旅館

「albergo」和「hotel」都是指旅館。義大利的旅館跟亞洲的旅館大同小異，提供的設施包含「piscina」游泳池、「palestra」健身房、「parcheggio」停車位、「ristorante」餐廳、「bar」咖啡廳、「centro benessere」養生會館、「connessione internet」網路、「navetta」接駁車、「animali ammessi」友善寵物等。

### 「agriturismo」農莊

「agriturismo」指的是農莊。這類的旅館是改裝為飯店的農場，「Toscana」托斯卡尼和「Puglia」普里亞是義大利農莊最多的兩個大區。農莊雖然位處鄉下，離市中心有一點距離，得要開車才能抵達，卻很受歡迎，因為它能讓人徹底放鬆、接觸大自然。除了提供住宿，農莊飯店也開設不同的體驗課程，如廚藝、插花、畫畫課等，也會透過一些活動讓房客體驗農場生活，如餵食動物、採收水果、釀酒、製作乳酪和果醬等。此外，在農莊飯店也可以進行「fare equitazione」騎馬、「fare jogging」慢跑、「andare in bici」騎腳踏車等戶外運動。農莊飯店特別適合有小朋友的家庭和想脫離日常生活的人。

### 「b&b」民宿

「b&b」又名「pensione」和「affittacamere」，指的是民宿。

### 「appartamento」公寓

透過Airbnb可以預訂符合你需求的「appartamento」公寓。

### 「ostello」青年旅館

「ostello」指的是青年旅館，算是最便宜，不過也是最不方便、最不安全的住宿。

大部分義大利飯店不提供「le pantofole」室內拖鞋。房間裡也不提供「il bollitore」快煮壺，或「il caffè istantaneo」即溶咖啡和「le bustine del té」茶包。通常房間裡有一套膠囊咖啡機。義大利旅館沒有快煮壺，但是洗手間裡一定有「bidet」坐浴盆：形狀與馬桶類似，用途是洗腳和身體私密部位。

重點
提示 請注意聽「要訂什麼房型、房價多少」。

關鍵
單字 請先記住關鍵單字,以便更容易聽懂音檔的內容。

**prenotare**:預訂 　　　　　　　**la colazione**:早餐

**incluso**:包含,與「compreso」同義

聽聽看 請先聽兩次音檔後回答以下問題,然後再聽一次確認聽懂了多
少。　　　　　　　　　　　　　　　　　　　　　　▶ MP3-19

問題 請回答以下問題,對的打○,錯的打×。

1. (　　) L'uomo vuole prenotare una camera doppia.
　　　　　男子想預訂一間雙人房。

2. (　　) Il budget è di 50 euro a notte.
　　　　　預算是每晚50歐元。

◆ Quando vai a Roma?
你什麼時候去羅馬？

◇ Dal 12 al 15 settembre.
9月12日至15日。

◆ Hai già prenotato l'hotel?
你已經訂好旅館了嗎？

◇ Ancora no!
還沒有！

◆ Dai, te lo prenoto io adesso su Booking. Camera singola, immagino, per 3 notti, in centro, giusto? Caspita! Ci sono un sacco di hotel. Scusa, qual è il tuo budget?
來吧，我現在就在Booking上為你預訂。單人房，我猜，3晚，住市中心，對吧？哇！有好多旅館。不好意思，你的預算是多少？

◇ 30 euro a notte colazione inclusa.
每晚30歐元，含早餐。

◆ Mi dispiace, non ci sono camere disponibili!
很抱歉，沒有空房！

必學句型　把下面的句型學起來，聽力原來這麼簡單！

‧「ancora」（還）

Non c'è fretta! Hai ancora 20 minuti di tempo.
不用急！你還有20分鐘的時間。

延伸學習　把下面的單字記起來，你就是聽力達人！

**la camera singola**：單人房

**la camera doppia**：標準雙人房

**la camera matrimoniale**：大床雙人房

（×）2 （×）1：答案題問頁直

 重點
提示
請注意聽「飯店的位置、提供什麼服務」。

 關鍵
單字
請先記住關鍵單字，以便更容易聽懂音檔的內容。

**l'agriturismo**：農莊　　　　　　**il maneggio**：馬場

 聽聽看
請先聽兩次音檔後回答以下問題，然後再聽一次確認聽懂了多
少。　　　　　　　　　　　　　　　　　　　　▶ MP3-20

 問題
請回答以下問題，對的打○，錯的打×。

1. (　　) L'agriturismo è in centro.
　　　　農莊在市中心。

2. (　　) L'agriturismo offre lezioni di equitazione.
　　　　農莊提供馬術課。

◆ Prenotiamo questo agriturismo!

　我們訂這家農莊吧！

◇ Ma non è in centro...

　可是它不在市中心……

◆ Ma chi se ne frega? Abbiamo la macchina, o no?

　有什麼關係？我們有車，不是嗎？

◇ Hai ragione! E poi un agriturismo è anche più rilassante.

　妳說得對！而且農莊更令人放鬆。

◆ Guarda, c'è il centro benessere e il maneggio.

　看，有養生會館和馬場呢。

◇ Caspita! A me piacerebbe andare a cavallo.

　哇！我想騎馬。

◆ L'equitazione non fa per te! Piuttosto prenota un massaggio...

　騎馬不適合你啦！你還是預約按摩吧……

 把下面的句型學起來，聽力原來這麼簡單！

· 「... non fa per te!」（……不適合你！）

Andiamo via! Il casinò <u>non fa per te</u>! In meno di 20 minuti hai già perso 400 euro.

我們走吧！賭場不適合你！20分鐘不到，你已經輸了400歐元。

 把下面的單字記起來，你就是聽力達人！

**la piscina**：游泳池　　　　　　**le terme**：溫泉

**il centro benessere**：養生會館　**il parcheggio**：停車場

本頁問題解答：1.（×）　2.（×）

88

# 21 Prenotare un appartamento
預訂公寓

 **重點提示** 請注意聽「公寓的位置和租金」。

 **關鍵單字** 請先記住關鍵單字，以便更容易聽懂音檔的內容。

**la primavera**：春天　　　　　　**l'autunno**：秋天
**l'estate**：夏天　　　　　　　　**l'inverno**：冬天

 **聽聽看** 請先聽兩次音檔後回答以下問題，然後再聽一次確認聽懂了多少。

▶ MP3-21

**問題** 請回答以下問題，對的打○，錯的打×。

1. (　　) L'appartamento è in campagna.
   公寓在鄉村。

2. (　　) L'appartamento costa 800 euro al mese.
   公寓的費用是一個月800歐元。

89

**原文** 請對照中義翻譯，確認是不是掌握所有內容了！

◆ Dove andate in vacanza quest'anno?

今年你們要去哪裡度假？

◇ Abbiamo affittato un appartamento in montagna.

我們在山上租了一間公寓。

◆ In montagna d'estate? Originale! Com'è l'appartamento?

夏天去山上？很有創意！那間公寓如何？

◇ Ha una camera da letto spaziosissima con balcone, un bagno, una cucina, un soggiorno e una terrazza con una vista favolosa.

它有一間非常寬敞、附陽台的臥室，一間浴室、一個廚房、一個客廳，還有一個風景優美的露台。

◆ Costa tanto?

費用高嗎？

◇ Insomma... 800 euro a settimana.

還算可以……每週800歐元。

 **必學句型** 把下面的句型學起來，聽力原來這麼簡單！

・「insomma...」（還好……、還可以……）

Insomma... non mi posso lamentare!

還好啦……我沒得抱怨！

 **延伸學習** 把下面的單字記起來，你就是聽力達人！

**la montagna**：山      **lo studio**：書房

**la campagna**：鄉村      **lo sgabuzzino**：儲藏室、儲物間

**il mare**：海

暖身問題解答：1.（×）2.（×）

# 22 In albergo: alla reception
在旅館：櫃檯

 **重點提示**　請注意聽「訂房日期」。

 **關鍵單字**　請先記住關鍵單字，以便更容易聽懂音檔的內容。

**la finestra**：窗戶　　　　　　　「**Benvenuto!**」（歡迎光臨！）
**il giardino**：花園　　　　　　　「**Esattamente!**」（沒錯！）

**聽聽看**　請先聽兩次音檔後回答以下問題，然後再聽一次確認聽懂了多少。
▶ MP3-22

 **問題**　請回答以下問題，對的打〇，錯的打×。

1. (　　) Il cliente ha prenotato dal 5 al 7 aprile.
　　　　客人訂了4月5日至7日。

2. (　　) La colazione è dalle 6 alle 10.
　　　　早餐是6點到10點。

◆ Benvenuto! Prego…

歡迎光臨！這邊請。

◇ Mi chiamo Colombo. Ho prenotato una camera singola per due notti.

我姓Colombo。我訂了一間單人房住兩晚。

◆ Un attimo Sig. Colombo… Dal 5 al 7 aprile, giusto? Camera singola con finestra sul giardino.

請稍候，Colombo先生……4月5日至7日，對嗎？花園窗景單人房。

◇ Esattamente!

沒錯！

◆ Un documento e una firma qui per favore. Ecco a Lei la chiave. Serviamo la colazione dalle 7 alle 10 nel ristorante al piano terra. La Sua camera è al terzo piano, l'ascensore è lì a destra.

請提供證件並在這裡簽名。這是您的鑰匙。我們一樓餐廳早上7點到10點供應早餐。您的房間在四樓，電梯在右手邊。

◇ Grazie mille! Un'ultima cortesia, qual è la password del Wi-Fi?

非常感謝！再麻煩您一件事，Wi-Fi密碼是什麼？

 把下面的句型學起來，聽力原來這麼簡單！

· 「per + 持續時間」（表示一個動作持續多久。）
Cuocere gli spaghetti per 12 minuti e poi scolarli.
將麵條煮12分鐘再瀝乾。

 把下面的單字記起來，你就是聽力達人！

| | | | |
|---|---|---|---|
| **gennaio**：一月 | **aprile**：四月 | **luglio**：七月 | **ottobre**：十月 |
| **febbraio**：二月 | **maggio**：五月 | **agosto**：八月 | **novembre**：十一月 |
| **marzo**：三月 | **giugno**：六月 | **settembre**：九月 | **dicembre**：十二月 |

（×）2 （○）1：案答題問頁前

92

# 23

# Lamentarsi in albergo: la camera è sporca!

### 在旅館客訴：房間很髒！

 **重點提示** 請注意聽「房間有哪些問題」。

 **關鍵單字** 請先記住關鍵單字，以便更容易聽懂音檔的內容。

**sporco**：髒的 　　　　　　　　　　**le lenzuola**：床單

 **聽聽看** 請先聽兩次音檔後回答以下問題，然後再聽一次確認聽懂了多少。

▶ MP3-23

 **問題** 請回答以下問題，對的打〇，錯的打✕。

1. (　　) Nella camera c'è puzza.
　　　　房間裡有臭味。

2. (　　) Il cliente vuole cambiare camera.
　　　　客人要換房間。

◆ Non ci posso credere! La camera fa schifo!

難以置信！房間爛透了！

◇ Sig. Colombo, qual è il problema?

Colombo先生，有什麼問題嗎？

◆ La camera è sporca! C'è puzza di sigarette e di cibo.

房間很髒！有香菸和食物的臭味。

◇ Sono desolata! Provvedo subito!

非常抱歉！馬上處理！

◆ Voglio cambiare camera! E che le lenzuola siano pulite!

我要換房間！而且床單要很乾淨！

◇ Faremo del nostro meglio!

我們會盡力改善！

◆ Scriverò una recensione su Booking, e non sarò per niente gentile.

我會在Booking上留言評價，而且一點都不會客氣。

必學句型　把下面的句型學起來，聽力原來這麼簡單！

・「... fa schifo!」（……爛透了！）

Questo ristorante fa schifo!

這家餐廳爛透了！

延伸學習　把下面的單字記起來，你就是聽力達人！

**sporco ≠ pulito**：髒的 ≠ 乾淨的

**puzzolente ≠ profumato**：臭的 ≠ 香的

**ordinato ≠ disordinato**：整齊的 ≠ 凌亂的

聽力問題解答：1.（○）2.（○）

94

# 24

# Lamentarsi in albergo: è guasto!

在旅館客訴：故障了！

 **重點提示**　請注意聽「什麼東西故障了」。

 **關鍵單字**　請先記住關鍵單字，以便更容易聽懂音檔的內容。

「**C'è un problema!**」（有一個問題！）
**il cuscino**：枕頭

 **聽聽看**　請先聽兩次音檔後回答以下問題，然後再聽一次確認聽懂了多少。　　　　　　　　　　　　　　　　　　　　　　　▶MP3-24

**問題**　請回答以下問題，對的打○，錯的打✕。

1.（　）Il riscaldamento è guasto.
　　　暖氣故障了。

2.（　）Il cliente vuole cambiare il cuscino.
　　　客人要換枕頭。

**原文** 請對照中義翻譯，確認是不是掌握所有內容了！

◆ Reception. Come posso aiutarLa?

飯店櫃檯。有什麼能為您效勞的嗎？

◇ Buonasera! Senta, chiamo dalla camera 302. C'è un problema! Il condizionatore non funziona.

您好！不好意思，這是302號房。這裡有個問題！冷氣不能用。

◆ Viene subito qualcuno a controllare.

馬上會有人過去檢查。

◇ Grazie! È possibile avere un altro cuscino?

謝謝！可以多要一個枕頭嗎？

◆ Certo!

當然可以！

◇ Grazie mille!

非常感謝！

 **必學句型** 把下面的句型學起來，聽力原來這麼簡單！

・「è possibile + 原形動詞?」（能否……？）

<u>È possibile</u> cambiare camera?

能否換房間呢？

 **延伸學習** 把下面的單字記起來，你就是聽力達人！

**il condizionatore**：冷氣  **il ventilatore**：電風扇

**il riscaldamento**：暖氣  **l'asciugacapelli**：吹風機

**il televisore**：電視機

96

重點
提示　請注意聽「房間如何、有什麼傢俱」。

關鍵
單字　請先記住關鍵單字，以便更容易聽懂音檔的內容。

**la vista**：景觀　　　　　　　　**la terrazza**：露台

聽聽看　請先聽兩次音檔後回答以下問題，然後再聽一次確認聽懂了多
少。　　　　　　　　　　　　　　　　　　　　▶ MP3-25

問題　請回答以下問題，對的打〇，錯的打✕。

1. (　　) La camera è fantastica.
　　　　房間超級棒。

2. (　　) La terrazza non è un granché.
　　　　露台不怎麼樣。

**原文** 請對照中義翻譯，確認是不是掌握所有內容了！

◆ Pronto?

喂？

◇ Ciao, sono appena arrivato in camera. Avevi ragione…

哈囉，我剛進房間。妳說得沒錯……

◆ È una camera da sogno, giusto?

是間令人夢寐以求的房間，對吧？

◇ È spaziosa, luminosa e con una vista mozzafiato.

它寬敞、明亮，還有美不勝收的景觀。

◆ A me le finestre grandi mi fanno impazzire!

這些大窗戶使我為之瘋狂！

◇ Perché la terrazza no? Questo hotel è fantastico!

露台不也是？這家飯店超棒！

◆ E non hai ancora provato la piscina…

你都還沒用到游泳池呢……

 **必學句型** 把下面的句型學起來，聽力原來這麼簡單！

· 「... mi fanno impazzire!」（……使我為之瘋狂！）

Le ragazze che indossano pantaloncini cortissimi <u>mi fanno impazzire!</u>

穿著超短短褲的女孩使我為之瘋狂！

 **延伸學習** 把下面的單字記起來，你就是聽力達人！

**il letto**：床

**il comodino**：床頭櫃

**la coperta**：棉被

**l'asciugamano**：毛巾

**la vasca**：浴缸

**la doccia**：淋浴

（×）.2 （○）.1：答案題問頁前

# In albergo: dove sono le pantofole?

## 在旅館:拖鞋在哪?

**重點提示** 請注意聽「義大利飯店的房間裡有什麼」。

**關鍵單字** 請先記住關鍵單字,以便更容易聽懂音檔的內容。

**il bollitore**:快煮壺　　　　　　**il comodino**:床頭櫃

**il fon**:吹風機,與「l'asciugacapelli」同義

**聽聽看** 請先聽兩次音檔後回答以下問題,然後再聽一次確認聽懂了多少。　　　　　　　　　　　　　　　　　　　　▶ MP3-26

**問題** 請回答以下問題,對的打○,錯的打✕。

1.(　　) L'hotel non fornisce né le pantofole né il bollitore.
　　　　 飯店不提供拖鞋和快煮壺。

2.(　　) Il fon è sul comodino.
　　　　 吹風機在床頭櫃上。

◆ Reception. Come posso aiutarLa?

飯店櫃檯。有什麼能為您效勞的嗎？

◇ Senta, non trovo le pantofole.

不好意思，我找不到拖鞋。

◆ Mi dispiace ma non forniamo pantofole.

很抱歉，但我們不提供拖鞋。

◇ Non lo sapevo… Non fa niente! E il bollitore?

這樣子啊……沒關係！那快煮壺呢？

◆ Nemmeno quello, mi spiace.

也不提供，很抱歉。

◇ Il fon? O non fornite nemmeno il fon?

吹風機？你們該不會連吹風機也不提供？

◆ Sì, il fon lo trova nel cassetto del comodino.

有，吹風機可以在床頭櫃的抽屜中找到。

把下面的句型學起來，聽力原來這麼簡單！

· 「Non fa niente!」（沒關係！）

Non fa niente! Torno domani!

沒關係！我明天再來！

把下面的單字記起來，你就是聽力達人！

la scrivania：書桌　　　　la poltrona：單人沙發

la lampada：檯燈　　　　la sedia：椅子

lo specchio：鏡子　　　　il divano：沙發

（×）.2 （○）.1：案答題問頁前

100

**Vorrei una camera singola.**
我要一間單人房。

**Quant'è a notte?**
一晚多少錢？

**La colazione è compresa?**
含早餐嗎？

**A che ora è la colazione?**
幾點提供早餐？

**Vorrei una camera con vista.**
我想要有景觀的房間。

*camera singola*

*camera doppia*

*camera matrimoniale*

**Vorrei una camera che dà sulla piazza.**
我想要面向廣場的房間。

**Vorrei una camera che dà sul mare.**
我想要面向大海的房間。

**Posso cambiare camera?**
可以換房間嗎？

**C'è il Wi-Fi in camera?**
房間裡有無線網路嗎？

**Qual è la password del Wi-Fi?**
無線網路的密碼是什麼？

**A che ora bisogna lasciare la camera?**
幾點必須退房？

**C'è un problema: non c'è l'acqua calda.**
有個問題：沒有熱水。

**C'è un problema: la camera è sporca.**
有個問題：房間很髒。

**C'è un problema: la camera è disordinata.**
有個問題：房間很亂。

**C'è un problema: il condizionatore non funziona.**
有個問題：冷氣壞了。

## 探索義大利文化

去金門玩，若住在金門古厝民宿，能讓旅客舒適地體驗閩式古厝建築，並了解其歷史，是很難得的體驗，因為這類的房屋只在金門才有！同樣的，下次去義大利旅行，不妨預訂只在義大利才有的特殊住宿。例如：

### ☐ Sassi di Matera

「Sassi di Matera」馬特拉巖洞穴屋是遠古馬特拉人蓋的原始房屋，他們在石灰岩石的峽谷挖鑿洞穴作為住所。「Matera」馬特拉這個城市位於「Gravina」格拉維納河侵蝕切割而成的石灰岩峽谷上方，早在舊石器時代便已有人穴居於此。西元前3世紀，古羅馬人創建此城，石窟洞穴群被稱為「sassi」石頭，直至20世紀都還有人住在這些石窟裡。第二次世界大戰後，著眼於巖洞穴屋的衛生條件實在太差，義大利政府於是強迫穴居民眾搬遷至馬特拉新城區。而後從1986年起，廢棄的巖洞穴屋被改建成高級旅館、特色民宿、餐廳、藝廊或商店。下次去義大利，不妨選擇住在這些數百年巖洞中，可謂是一生一次的難得體驗！

### ☐ trulli

「trullo」石頂屋是用石灰岩層層堆疊而成的圓錐石頂白石屋。這些童話故事般的蘑菇屋是「Puglia」普里亞的標誌，位於「Alberobello」阿爾貝羅貝洛小鎮的周圍。蘑菇屋原本是一般民眾的住所，但如今大部分都改裝為民宿、餐廳或商店。

### ☐ dammusi

「Pantelleria」潘泰萊里亞是一座小島，距西西里島約100公里，距突尼西亞海岸約70公里。「dammusi」丹慕斯是這座小島特有的建築：原始、樸素、面海、以石頭堆砌而成的小屋。

### ☐ convento

「convento」指的是修道院。因為想當修道士和修女的人越來越少，很多修道院改裝為飯店。有的化身為奢華旅館，有的保留原本的樸素外觀，只開放一些房間給房客

住宿。不同於前者，後者超級便宜，也有機會靜下來參與宗教活動，例如跟修士一起唱詩歌和祈禱。這類的飯店有點像台灣的香客大樓，特別適合想要省錢或需要靜僻的旅客。

### ☐ castello

孩提時期的你是否曾想當王子？青少年時期的妳是否夢想找到白馬王子？如果還沒有實現這些夢想，至少可以體驗看看住在「castello」城堡是什麼感覺。義大利到處都有在中世紀建造的城堡，且完好保存至今：有的成為政府機構的辦公室，有的成為學校和圖書館，有的改裝為精品旅館，帶給房客這輩子至少一晚化身成王子或公主的難得體驗……

搭乘火車

# Prendere il treno

佛羅倫斯

在義大利，搭火車旅行既划算又便利，通常提早買車票，就能找到不錯的優惠。而之所以便利，是因為火車站通常位於市中心，附近有客運車站，也充滿各式各樣的旅館和餐廳。「vagone letto」臥鋪車之旅也非常值得一試，而且一舉兩得：一來可以省下一筆住宿費，二來可以在火車上飽睡一頓後一大早抵達目的地，趁旅行團遊客還在睡覺的時候獨享風景。

## 學習重點

★ 義大利火車類別
★ 義大利鐵路須知
★ 火車站相關片語
★ 義大利精美的鐵路路線

## 如何購買火車票

### 「biglietteria」售票處

可以在火車站裡的售票處詢問火車資訊及購買車票。

### 「macchinette」售票機

可以在火車站裡的售票機買票。

### 「online」網路上

可以在「Trenitalia」義大利國鐵的官網（trenitalia.com）查詢火車時間和購買車票。

## 義大利火車類別

義大利火車主要有3種：

1. 「Frecce」高速列車，相當於台灣的高鐵，分為：

    ✦ 「Frecciarossa」紅箭列車：時速可達300公里。車廂分4種等級：「executive」行政車廂、「business」商務車廂、「premium」高級車廂、「standard」一般車廂。除了一般車廂外，其他車廂都提供飲料與小點心。列車中間車廂設有餐車，可購買餐飲。列車上提供免費Wi-Fi。

    ✦ 「Frecciargento」銀箭列車：高速列車中速度第二快的列車，時速可達250公里。車廂分2種等級：「1ᵃ classe」頭等車廂與「2ᵃ classe」二等車廂。頭等車廂有提供飲料和小點心。列車中間車廂設有餐車。

    ✦ 「Frecciabianca」白箭列車：高速列車中速度最慢的列車，時速可達200公里。車廂分2種等級：「1ᵃ classe」頭等車廂與「2ᵃ classe」二等車廂。頭等車廂提供飲料和小點心。

2. 「Intercity」相當於台灣的自強號，主要往來於各大城市之間，但速度比高速列車慢一些，車資也較便宜。

3. 「Regionale」相當於台灣的區間車，只有自由座。

除了「Trenitalia」國鐵之外，也可以乘坐由法拉利公司所創立的私鐵「Italo」，跟紅箭一樣快，且車保養得更好，價位有時還較便宜。可惜「Italo」只往來於最有名的觀光城市之間。

## 義大利鐵路須知

雖然最近幾年，義大利火車在準時方面有了驚人的進步，但不能否認的是偶爾還是會誤點。發生誤點時，你會聽到廣播說「Il treno XX è in ritardo」，即「XX列車誤點了」。另一個常見的問題，是在出發前有時會突然聽到廣播說火車更換月台。因此，建議你在「tabellone」時刻表上不斷追蹤列車動態。

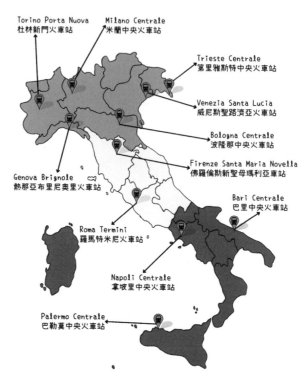

義大利鐵路主要車站

Torino Porta Nuova
杜林新門火車站

Milano Centrale
米蘭中央火車站

Trieste Centrale
第里雅斯特中央火車站

Venezia Santa Lucia
威尼斯聖路濟亞火車站

Bologna Centrale
波隆那中央火車站

Firenze Santa Maria Novella
佛羅倫斯新聖母瑪利亞車站

Genova Brignole
熱那亞布里尼奧里火車站

Bari Centrale
巴里中央火車站

Roma Termini
羅馬特米尼火車站

Napoli Centrale
拿坡里中央火車站

Palermo Centrale
巴勒莫中央火車站

有的火車站還會使用「obliteratrice」蓋票機：上車前請記得使用蓋票機開票，為車票蓋上日期和時間。注意：若無蓋票直接上車，查票人員會開罰單。

「Bologna」波隆那火車站地處義大利鐵路路線的中央樞紐，因此從波隆那搭火車特別方便，而且不少鐵路路線需要在波隆那「cambiare treno」轉車。

 重點
提示　請注意聽「區間車幾點出發、幾點到達」。

 關鍵
單字　請先記住關鍵單字，以便更容易聽懂音檔的內容。

**il Frecciarossa**：等同台灣的高鐵，速度超過300km/h，價位高，需
要訂位。

**il Regionale**：等同台灣的區間車，價位低，速度慢，不用訂位。

 聽聽看　請先聽兩次音檔後回答以下問題，然後再聽一次確認聽懂了多
少。　　　　　　　　　　　　　　　　　　　　　　▶ MP3-27

問題　請回答以下問題，對的打〇，錯的打×。

1.（　　）Il Regionale parte da Firenze alle 6.
　　　　　區間車6點從佛羅倫斯出發。

2.（　　）Il Regionale arriva a Siena alle 7:30.
　　　　　區間車7點30分抵達錫耶納。

**原文** 請對照中義翻譯，確認是不是掌握所有內容了！

◆ Vorrei arrivare a Siena prima delle 8. Quali treni ci sono?

我想在早上8點前抵達錫耶納。有什麼車？

◇ Può prendere il Frecciarossa alle 4 e arriva a Firenze alle 5 e mezza… poi alle 6 prende il Regionale e alle 7:30 è a Siena.

您可以在4點搭乘「Frecciarossa」，並在5點半抵達佛羅倫斯……然後在6點轉乘「Regionale」，並於7點30分抵達錫耶納。

◆ Quanto costa?

多少錢？

◇ Il Frecciarossa 45 euro e il Regionale 10 euro, in tutto 55 euro.

「Frecciarossa」45歐元，「Regionale」10歐元，總共55歐元。

◆ Qualcosa di più economico?

有沒有更便宜的車？

 **必學句型** 把下面的句型學起來，聽力原來這麼簡單！

· 「Quali ... ci sono?」（有哪些……呢？）

Quali gusti ci sono?

有哪些口味呢？

Quali colori ci sono?

有哪些顏色呢？

 **延伸學習** 把下面的單字記起來，你就是聽力達人！

**partire**：出發　　　　　　　**arrivare**：抵達

（○）.2　（○）.1：答稱題問頁頁前

110

 請注意聽「行李寄放處在哪裡」。

 請先記住關鍵單字，以便更容易聽懂音檔的內容。

**il deposito bagagli**：行李寄放處　　　**il binario**：月台

 請先聽兩次音檔後回答以下問題，然後再聽一次確認聽懂了多少。

▶ MP3-28

 請回答以下問題，對的打〇，錯的打✕。

1.（　）Il deposito bagagli è vicino al binario 1.
　　　　行李寄放處在1號月台附近。

2.（　）Il deposito bagagli è di fronte all'edicola.
　　　　行李寄放處在書報攤對面。

**請對照中義翻譯，確認是不是掌握所有內容了！**

◆ Scusi, dov'è il deposito bagagli?

請問，行李寄放處在哪裡？

◇ Vicino al binario 1.

在1號月台附近。

◆ Capisco, ma dov'è il binario 1? Non lo trovo…

我明白了，但1號月台在哪裡？我找不到……

◇ Sempre dritto fino all'edicola, e poi a destra, giù per le scale. Il deposito bagagli è di fronte ai bagni.

一直走到書報攤，然後右轉下樓梯。行李寄放處在洗手間對面。

◆ Grazie mille, gentilissima!

非常感謝，您人真好！

◇ Si figuri!

哪兒的話！

必學
句型 **把下面的句型學起來，聽力原來這麼簡單！**

・「Sempre dritto!」（一直走！）

・「Gira a destra!」（右轉！）

・「Gira a sinistra!」（左轉！）

延伸
學習 **把下面的單字記起來，你就是聽力達人！**

**davanti**：前面　　　　　　**di fronte a**：對面

**dietro**：後面　　　　　　**vicino a**：附近

**accanto a**：旁邊

聽力問題解答：1.（○） 2.（×）

112

# 29 Alla biglietteria della stazione

在火車站的售票處（一）

 **重點提示** 請注意乘客買的是「來回票還是單程票、靠走道還是靠窗的位子」。

 **關鍵單字** 請先記住關鍵單字，以便更容易聽懂音檔的內容。

**il biglietto andata e ritorno**：來回票
**il biglietto solo andata**：單程票

**聽聽看** 請先聽兩次音檔後回答以下問題，然後再聽一次確認聽懂了多少。 ▶ MP3-29

**問題** 請回答以下問題，對的打○，錯的打×。

1. （ ）Il cliente compra un biglietto andata e ritorno.
   乘客要買一張來回票。

2. （ ）Il cliente sceglie il posto corridoio.
   乘客選擇靠走道的位子。

◆ Un biglietto per Torino.

一張前往杜林的車票。

◇ C'è un Frecciarossa alle 5:40, va bene?

5點40分有一班「Frecciarossa」，可以嗎？

◆ Sì, grazie!

可以的，謝謝！

◇ Andata e ritorno?

來回票是嗎？

◆ No, solo andata.

不要，只買去程。

◇ Preferisce posto corridoio o finestrino?

您想要靠走道還是靠窗的位子？

◆ Finestrino, grazie! Quant'è?

靠窗的，謝謝！多少錢？

 **必學句型** 把下面的句型學起來，聽力原來這麼簡單！

· 「Preferisce A o B?」（您想要A還是B？）

<u>Preferisce</u> l'acqua naturale <u>o</u> frizzante?

您想要礦泉水還是氣泡水？

 **延伸學習** 把下面的單字記起來，你就是聽力達人！

**il posto corridoio**：靠走道的位子

**il posto finestrino**：靠窗的位子

聽力問題解答：1.（×）2.（×）

114

 請注意聽「火車要開多久」。

 請先記住關鍵單字，以便更容易聽懂音檔的內容。

**il binario**：月台

**聽聽看** 請先聽兩次音檔後回答以下問題，然後再聽一次確認聽懂了多
少。 ▶ MP3-30

 請回答以下問題，對的打〇，錯的打×。

1.（　　）Il treno ci mette un'ora circa.
　　　　　火車花一個小時左右。

2.（　　）Il treno è un Regionale.
　　　　　這班火車是一列區間車。

◆ A che ora parte il prossimo treno per Bologna?

往波隆那的下一班火車幾點出發？

◇ Alle quattro.

四點。

◆ Quanto ci mette?

要多久抵達？

◇ Mezz'ora circa, è un Frecciarossa.

半個小時左右，這是一班「Frecciarossa」。

◆ Fantastico, ma quanto costa?

太好了，那多少錢？

◇ 23 euro e 90.

23歐元90分錢。

◆ Da che binario parte?

從第幾月台出發呢？

必學
句型　把下面的句型學起來，聽力原來這麼簡單！

· 「Quanto ci mette a + 原形動詞?」（要多久？）

Quanto ci mette a cuocersi?

要多久才煮熟？

延伸
學習　把下面的單字記起來，你就是聽力達人！

**la sala d'attesa**：候車室　　　　**la biglietteria**：售票處

 **重點提示** 請注意聽「車票多少錢、乘客要從哪裡出發」。

 **關鍵單字** 請先記住關鍵單字，以便更容易聽懂音檔的內容。

**cambiare**：換、轉車

**il Regionale veloce**：類似台灣的區間車，比「Regionale」快一點。

 **聽聽看** 請先聽兩次音檔後回答以下問題，然後再聽一次確認聽懂了多少。

▶ MP3-31

**問題** 請回答以下問題，對的打〇，錯的打×。

1. (　　) Il Frecciarossa costa 41 euro.
「Frecciarossa」的價格是41歐元。

2. (　　) Il passeggero parte da Roma.
乘客從羅馬出發。

◆ Un biglietto per Napoli.

一張去拿坡里的車票。

◇ C'è un Frecciarossa alle 13:14, arriva a Napoli alle 16:12. Sono 76 euro.

13點14分有一班「Frecciarossa」，16點12分抵達拿坡里。費用是76歐元。

◆ Qualcosa di più economico?

有更便宜的車嗎？

◇ Un Regionale veloce, parte alle 13:14 e costa solo 41 euro, però deve cambiare a Roma, e arriva a Napoli alle 19:29.

有一班「Regionale veloce」於13點14分出發，只要41歐元，但必須在羅馬轉車，19點29分抵達拿坡里。

◆ Accidenti! Ci mette tre ore in più…

該死！需要多花三小時……

必學句型　把下面的句型學起來，聽力原來這麼簡單！

・「Accidenti!」（該死！）

Accidenti! Ho dimenticato il cellulare a casa!

該死！我把手機忘在家裡！

延伸學習　把下面的單字記起來，你就是聽力達人！

**caro**：貴的　　　　　　　　　　**conveniente**：划算的

（×）.2 （×）.1：案答的題問頁直垂

118

# 32

# In stazione:
# annuncio partenza

在火車站：列車發車通知（一）

 請注意聽「火車幾點、從第幾月台出發」。

 請先記住關鍵單字，以便更容易聽懂音檔的內容。

**l'Intercity**：相當於台灣的自強號，主要連接各大城市，但速度比高速列車慢一些，車資也較便宜。

 請先聽兩次音檔後回答以下問題，然後再聽一次確認聽懂了多少。　　　　　　　　　　　　　　　　　　　　　　　▶ MP3-32

 請回答以下問題，對的打〇，錯的打✕。

1.（　　）Il treno parte alle 9:05.
　　　　　火車9點05分出發。

2.（　　）Il treno parte dal binario 12.
　　　　　火車從12號月台出發。

**請對照中義翻譯，確認是不是掌握所有內容了！**

Il treno Intercity 35685 di Trenitalia per Livorno Centrale delle ore 19:05 è in partenza dal binario 20. Ferma a Milano Rogoredo, Pavia, La Spezia Centrale, Viareggio, Pisa Centrale. La prima classe è in testa al treno.

19點05分開往利佛諾中央火車站的Trenitalia 35685次「Intercity」列車於第20號月台即將出發。停靠米蘭羅戈雷多、帕維亞、拉斯佩齊亞中央火車站、維亞雷焦、比薩中央火車站。頭等車廂在車頭。

 **把下面的句型學起來，聽力原來這麼簡單！**

・「per + 目的地」（開往 / 通往 + 目的地）
La strada <u>per</u> il successo è piena di ostacoli.
通往成功的道路充滿障礙。

 **把下面的單字記起來，你就是聽力達人！**

**seconda classe**：二等車廂　　　　**prima classe**：頭等車廂

# 33

# In stazione: annuncio partenza
## 在火車站：列車發車通知（二）

🔴 **重點提示** 請注意聽「火車開往哪裡」。

🔴 **關鍵單字** 請先記住關鍵單字，以便更容易聽懂音檔的內容。

**la linea gialla**：黃線　　　　**il marciapiede**：人行道

🔴 **聽聽看** 請先聽兩次音檔後回答以下問題，然後再聽一次確認聽懂了多少。
▶ MP3-33

🔴 **問題** 請回答以下問題，對的打○，錯的打✕。

1.（　）Il treno è diretto a Torino.
　　　　火車開往杜林。

2.（　）Questo treno ha la carrozza ristorante.
　　　　本次列車附有餐車。

Il treno alta velocità Frecciarossa 35557 di Trenitalia proveniente da Torino Porta Nuova e diretto a Roma Termini delle ore 19:15 è in arrivo al binario 9. Attenzione! Allontanarsi dalla linea gialla. Ferma a Bologna Centrale, Firenze Santa Maria Novella, Roma Tiburtina. I livelli executive e business sono in coda al treno.

19點15分從杜林新門開往羅馬特米尼的Trenitalia Frecciarossa 35557次高速列車即將抵達9號月台。注意！遠離黃線。本次列車將停靠波隆那中央火車站、佛羅倫斯新聖母瑪利亞、羅馬蒂布蒂娜。行政級和商務級車廂在車尾。

 把下面的句型學起來，聽力原來這麼簡單！

・「Attenzione!」（注意！/小心！）
Attenzione! Il semaforo è rosso.
小心！現在是紅燈。

 把下面的單字記起來，你就是聽力達人！

**in coda al treno**：在車尾　　**la carrozza**：車廂
**in testa al treno**：在車頭　　**la cuccetta**：臥鋪

## 34 In stazione: annuncio ritardo
在火車站：列車誤點通知

 請注意聽「火車誤點幾分鐘」。

 請先記住關鍵單字，以便更容易聽懂音檔的內容。

**il RegioExpress**：倫巴底亞省內的區間車，價位低，不用訂位。

請先聽兩次音檔後回答以下問題，然後再聽一次確認聽懂了多少。
▶ MP3-34

請回答以下問題，對的打○，錯的打×。

1. (　) Il treno è proveniente da Venezia.
   火車從威尼斯出發。

2. (　) Il treno è in ritardo di 10 minuti.
   火車誤點10分鐘。

123

**原文** 請對照中義翻譯，確認是不是掌握所有內容了！

Annuncio ritardo. Il treno RegioExpress 1704 di Trenord proveniente da Verona Porta Nuova delle ore 20:05 arriverà con un ritardo previsto di 20 minuti. Ci scusiamo per il disagio!

誤點通知。20點05分從維羅納新門出發的Trenord 1704次 RegioExpress列車預估晚20分鐘到站。造成您的不便我們深感抱歉！

 **必學句型** 把下面的句型學起來，聽力原來這麼簡單！

· 「Ci scusiamo per + 原因」（為……道歉）
<u>Ci scusiamo per</u> il ritardo.
我們為誤點道歉。

 **延伸學習** 把下面的單字記起來，你就是聽力達人！

**in ritardo**：誤點

**in orario**：準時

**in anticipo**：提早

I treni italiani sono sempre in ritardo! Come vorrei vivere in Giappone!
義大利火車總是誤點！我好想住在日本！

 重點提示　請注意聽「月台更改」。

 關鍵單字　請先記住關鍵單字，以便更容易聽懂音檔的內容。

**cancellazione treno**：班次取消

 聽聽看　請先聽兩次音檔後回答以下問題，然後再聽一次確認聽懂了多少。　　　　　　　　　　　　　　　　　　　▶ MP3-35

 問題　請回答以下問題，對的打○，錯的打×。

1. (　　) Il treno RegioExpress 3973 parte dal binario 22.
   3973次RegioExpress從22號月台出發。

2. (　　) Il treno RegioExpress 2111 è in ritardo.
   2111次RegioExpress誤點了。

**請對照中義翻譯，確認是不是掌握所有內容了！**

> Il treno RegioExpress 3973 di Trenord per Alessandria delle ore 19:25 è in partenza dal binario 22 invece che dal binario 23. Ferma a Milano Lambrate, Pavia, Tortona.
> Annuncio cancellazione treno. Il treno RegioExpress 2111 di Trenord previsto in partenza per Verona Porta Nuova alle ore 19:25 oggi non sarà effettuato. Ci scusiamo per il disagio.
>
> 19點25分開往亞歷山德里亞的Trenord 3973次RegioExpress列車從23號月台改為22號月台出發。沿途停靠米蘭蘭伯特、帕維亞、托爾托納。
> 班次取消通知。原定於今日19點25分開往維羅納新門的Trenord RegioExpress 2111次列車因故停運。造成您的不便我們深感抱歉。

 **把下面的句型學起來，聽力原來這麼簡單！**

· 「invece che」（而非）
Ho deciso di partire di mattina <u>invece che</u> di sera.
我決定早上出發而非晚上。

 **把下面的單字記起來，你就是聽力達人！**

**ieri**：昨天　　　　　　**mattina**：早上
**oggi**：今天　　　　　　**sera**：晚上
**domani**：明天　　　　　**l'annuncio**：廣播、播報、通知

# 萬能的旅遊片語

**Un biglietto solo andata.**
一張單程票。

**Un biglietto andata e ritorno.**
一張來回票。

**A che ora parte?**
幾點出發？

**A che ora arriva?**
幾點抵達？

**Quanto ci mette?**
要多久？

**È un diretto?**
直達嗎？

**Da quale binario parte?**
從幾號月臺出發？

**Buon viaggio!**
旅途愉快！

## 探索義大利文化

下次去義大利旅行，不妨乘坐行駛以下3條鐵路路線的獨特列車：

☐ **「Cinque Terre」五漁村**

「Cinque Terre Express」五漁村特快列車是行駛於世界遺產國家公園內的區域列車。這條鐵路路線連接「La Spezia」拉斯佩齊亞和「Genova」熱那亞，在1小時15分鐘內會穿過

世界聞名的「Cinque Terre」五漁村：「Riomaggiore」里奧馬焦雷、「Manarola」馬納羅拉、「Corniglia」科爾尼利亞、「Vernazza」韋爾納扎和「Monterosso」蒙特羅索。五漁村古色

古香的房屋和停泊著漁船的小港口持續吸引著來自世界各地的遊客。搭乘五漁村特快列車，你可以下車探訪彼此間距離僅幾分鐘路程的村莊，然後再上車前往下個村莊。

### ☐ 「Val d'Orcia」奧爾恰山谷

如果你喜歡典型的「Toscana」托斯卡納鄉村景緻，可以乘坐連接「Grosseto」格羅塞托和「Siena」錫耶納的火車。火車在1小時30分鐘的路程中會穿過2002年列入世界遺產的「Val d'Orcia」奧爾恰山谷。春夏之間無疑是欣賞托斯卡納迷人風景的最佳時期，可在奧爾恰山谷觀賞柏樹環繞的耕地、牧草、葡萄、橄欖、小麥和向日葵。

### ☐ 「Trenino del Bernina」伯爾尼納火車

「Trenino del Bernina」伯爾尼納火車連接「Lombardia」倫巴底的「Tirano」蒂拉諾和著名的瑞士小鎮「St. Moritz」聖莫里茨。伯爾尼納鐵路名聞遐邇的「Trenino rosso」紅色火車因其車廂的火焰顏色而得名，於2008年列入世界文化遺產。伯爾尼納火車寫下歐洲最高海拔列車的紀錄，同時也是歐洲最慢的特快列車。100多年來，歷史悠久的列車在歷時約2個半小時的旅程中會穿越阿爾卑斯山。

搭乘大眾運輸

# Muoversi con i mezzi pubblici

比薩

# 美麗的義大利文化

自助旅行最令人緊張的部分一定是交通方式。雖然現在因為網路和導航系統非常普及又好用，不像以前那麼容易走錯路甚至迷路，不過要找到最理想的交通方式仍然不是很容易。我們會猶豫很久：要租車嗎？還是搭火車就好了？但是，如果火車到不了你想去的祕境或私房景點，又該怎麼辦呢？有公車或客運可以搭嗎？還是可以租「Vespa」偉士牌？

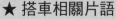

## 學習重點

★ 城市外的交通方式
★ 城市內的交通方式
★ 搭乘大眾運輸須注意事項
★ 搭車相關片語

規劃路線時，挑選交通方式會燒掉我們不少腦細胞，因為選項很多，又沒有絕對完美的交通方式！選擇開車能給我們很大的自由和方便，但是租車費用不便宜，而且會產生其他費用，如停車費和油費（義大利的油費比台灣貴將近2倍）。大眾運輸可以省錢，不過需要研究路線、時刻表，旅途中還得不斷留意時間。顯然，各有利弊！

在這個單元，你將會了解義大利的大眾運輸及相關注意事項，也會學習到搭車相關片語。同時你也會獲得一些實用的建議，幫助你在下次旅遊時找到最符合需求的交通方式。

## 城市外的交通方式

### 「pullman」長途巴士

想漫遊義大利，除了租汽車、搭火車或搭國內飛機之外，也可以考慮搭長途巴士。長途巴士很便利，因為會開到市中心，若搭乘夜間班車也可以省下住宿費！想了解路線，可以瀏覽flixbus.it和itabus.it。

### 「corriera」客運

「corriera」是在一個大區裡行駛的區域客運，價位偏低，班次很多，很容易認出來，因為都是藍色車身的巴士。主要往來於一個大區內的各城市之間。唯一缺點是常常誤點，時刻表只是參考用的，所以除非你熱愛冒險或者有著無限的耐心，不然不太建議！

### 「traghetto」渡船

義大利有許多有名的、漂亮的、值得觀光的島嶼。最大的島嶼是「Sicilia」西西里島和「Sardegna」撒丁島。除了  飛機，也可以選擇搭渡船。想了解航線，可以瀏覽mobytraghetti.com和gnv.it。

### 「aereo」飛機

義大利國內也有不少廉價航空，可惜機場通常離市中心較遠，而且除了國際機場之外，大部分的機場與市中心間交通往來的選項不多。

跟台灣直飛的機場有兩個：「Milano Malpensa」米蘭-馬爾彭薩機場和「Roma Fiumicino」羅馬-菲烏米奇諾「李奧納多‧達文西」國際機場。長榮直飛米蘭，華航直飛羅馬。

從菲烏米奇諾機場，可搭乘「Leonardo Express」李奧納多特快車抵達位於羅馬市中心的羅馬特米尼火車站，這是一個連結羅馬市和羅馬國際機場的鐵路交通服務。李奧納多特快車由義大利鐵路營運，全程需31分鐘，票價14歐元。

從米蘭-馬爾彭薩機場到位於米蘭市中心的米蘭車站，則可以搭「Malpensa Express」馬爾彭薩特快車，這是一個連結米蘭和米蘭國際機場的鐵路交通服務。馬爾彭薩特快車全程需54分鐘，票價13歐元。

## 城市內的交通方式

與台灣不同，義大利的「taxi」計程車都是白色的，因此沒有「小黃」！另一個差異是義大利計程車的價位偏高，若你的旅遊預算很低，一定要避開計程車。

「tram」電車、「metro」地下鐵和「autobus」公車的費用雖然不像台灣一樣合理，卻是最便宜的選項。義大利的「metro」捷運如同所有歐洲城市

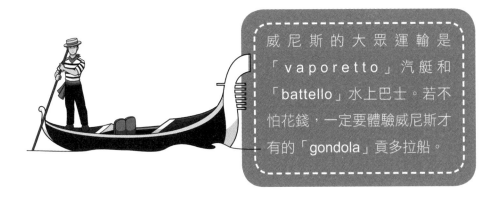

威尼斯的大眾運輸是「vaporetto」汽艇和「battello」水上巴士。若不怕花錢，一定要體驗威尼斯才有的「gondola」貢多拉船。

的捷運一樣老舊，有時不太安全，有時非常臭，所以不要有太高的期望，不然會大失所望！

### 搭乘大眾運輸須注意事項

搭車時，請注意安全！歐洲所有的大城市和著名觀光景點除了觀光客很多，扒手也很多……這一點無疑是世界各地的觀光地點最令人反感的問題，義大利也不例外！因此，不管搭公車還是走路都要注意自己的貴重物品！例如，手提包別側掛，背包不要後掛，錢包最好塞在有拉鍊的口袋裡，手機和相機不可隨便放在桌子上。

在義大利要搭電車也好，公車也好，捷運也好，上車前都要先買「biglietto」車票。捷運的車票可以在捷運站的「macchinette」售票機購買。公車和電車的車票彼此通用，可以在「tabaccheria」菸舖（類似東方的便利商店）或在「edicola」書報攤購買。有多種選擇：可以買「biglietto di corsa semplice」普通票、「biglietto giornaliero」一日券、「biglietto settimanale」一週券、「abbonamento mensile」月票或「abbonamento annuale」年票，每個城市的運輸公司各有不同的方案和價位。上了公車或電車後，請記得前往「obliteratrice」蓋票機為車票列印日期和時間，不然查票人員會開罰單。

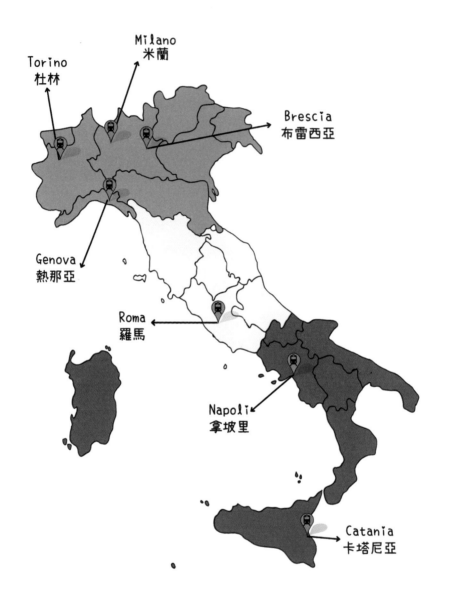

Torino
杜林

Milano
米蘭

Brescia
布雷西亞

Genova
熱那亞

Roma
羅馬

Napoli
拿坡里

Catania
卡塔尼亞

義大利的地下鐵

 **重點提示** 請注意聽「發生了什麼事、下一站是哪裡」。

 **關鍵單字** 請先記住關鍵單字，以便更容易聽懂音檔的內容。

**il biglietto**：車票　　　　　　　**la fermata**：站

 **聽聽看** 請先聽兩次音檔後回答以下問題，然後再聽一次確認聽懂了多少。　　　　　　　　　　　　　　　　　　　　　　▶ MP3-36

 **問題** 請回答以下問題，對的打○，錯的打×。

1.（　　）Il passeggero ha perso il cellulare.
　　　　　乘客遺失了手機。

2.（　　）La prossima fermata è Voghera.
　　　　　下一站是沃蓋拉。

135

**原文** 請對照中義翻譯，確認是不是掌握所有內容了！

◆ Biglietti prego…
請出示車票……

◇ Un attimo che prendo il cellulare… oddio, non trovo l'email!
等一下我拿手機……糟糕，我找不到電子郵件！

◆ È sicura di aver comprato il biglietto online?
您確定是線上購票嗎？

◇ Sicurissima! Lo compro sempre online, è comodo e veloce. Eccola!
當然！我向來在線上購票，既方便又快速。找到了！

◆ Va bene, grazie! Buon viaggio!
好的，謝謝！旅途愉快！

◇ Scusi la prossima fermata è Voghera?
請問下一站是沃蓋拉嗎？

◆ No, la prossima è Pavia, e poi Voghera. Arrivederci!
不是，下一站是帕維亞，接著才是沃蓋拉。再見！

 **必學句型** 把下面的句型學起來，聽力原來這麼簡單！

· 「Oddio!」（糟了！）
Oddio! Ho dimenticato il passaporto in macchina.
糟了！我把護照忘在車上了。

 **延伸學習** 把下面的單字記起來，你就是聽力達人！

「**Buon viaggio!**」（旅途愉快！）

**veloce ≠ lento**：快的 ≠ 慢的

**comodo ≠ scomodo**：方便的 ≠ 不便的

（聽力問題解答：1. (×) 2. (×)）

重點提示　請注意聽「乘客曾經因為什麼原因被開罰單、罰單金額多少」。

關鍵單字　請先記住關鍵單字，以便更容易聽懂音檔的內容。

**il controllore**：驗票人員　　　**la multa**：罰單
**obliterare il biglietto**：給車票蓋印

聽聽看　請先聽兩次音檔後回答以下問題，然後再聽一次確認聽懂了多少。
▶ MP3-37

問題　請回答以下問題，對的打〇，錯的打✕。

1. （　　）Il passeggero ha preso la multa perché è salito sul treno senza biglietto.
乘客之前曾因為無票上車被開罰單。

2. （　　）Il passeggero ha preso una multa di 50 euro.
乘客之前曾被開了一張50歐元的罰單。

137

◆ Sta arrivando il controllore… dai, prendi i biglietti!
驗票員要過來了……拜託你把票拿出來！

◇ Questa volta li ho fatti online. Sai, l'ultima volta ho preso la multa perché andavo di fretta e non ho fatto in tempo ad obliterare.
我這次是在線上買的。妳知道嗎，上次我被罰款，是因為我在趕時間，沒來得及給車票蓋印。

◆ Che sfiga!　真倒楣！

◇ Dillo a me! 50 euro di multa! L'obliteratrice più vicina era rotta… ma il controllore non mi ha creduto.
還用妳說！罰款50歐元！當時最近的蓋票機壞了……可是驗票員不相信我。

◆ Ad essere sincera sembra la solita scusa…
老實說，似乎是很老套的藉口……

◇ Pure tu non mi credi… bell'amica che sei!
連妳也不相信我……好一個朋友！

必學句型　把下面的句型學起來，聽力原來這麼簡單！

・「non ho fatto in tempo a + 原形動詞」（來不及 + 動詞）
Non ho fatto in tempo a finire la relazione.
我來不及把報告寫好。

Scusa ma non ho fatto in tempo a preparare la cena.
抱歉，我來不及準備晚餐。

延伸學習　把下面的單字記起來，你就是聽力達人！

l'obliteratrice：蓋票機　　　　　「Dillo a me!」（別提了！）

「Che sfiga!」（真倒楣！）

（○）2　（×）1：答案題問頁直垂

138

# 38

# Andiamo in treno o in pullman?
我們搭乘火車還是客運？

 重點
提示

請注意聽「搭乘什麼交通工具」。

 關鍵
單字

請先記住關鍵單字，以便更容易聽懂音檔的內容。

**le offerte**：優惠　　　　　　　**l'aereo**：飛機

**il pullman**：客運

聽聽看

請先聽兩次音檔後回答以下問題，然後再聽一次確認聽懂了多
少。　　　　　　　　　　　　　　　　　　　　▶ MP3-38

問題

請回答以下問題，對的打○，錯的打✕。

1. (　　) Non ci sono più biglietti del treno.
　　　　　火車票賣光了。

2. (　　) Alla fine decidono di viaggiare in pullman.
　　　　　他們最後決定搭客運旅行。

**請對照中義翻譯，確認是不是掌握所有內容了！**

◆ Che sfiga! Non ci sono più offerte!
真倒楣！沒有優惠了！

◇ E qual è il problema? Prendiamo il pullman!
這有什麼問題？我們搭客運吧！

◆ Ma sei scema?! Sai quanto ci vuole in pullman?
妳是笨蛋嗎？！妳知道搭客運需要多長時間嗎？

◇ Ci vorranno 9 ore più o meno…
大概需要9小時吧……

◆ Appunto! Ci vogliono più di 9 ore! O andiamo in treno o niente!
沒錯！需要9個多小時！我們要麼坐火車去，要麼不去！

◇ E se prendessimo l'aereo?
如果我們坐飛機呢？

◆ Bell'idea! Perché no?!
好主意！有何不可？！

 **把下面的句型學起來，聽力原來這麼簡單！**

· 「ci vogliono + 時間」（需要 + 時間）
Per imparare bene l'italiano ci vogliono almeno due anni.
要把義大利文學好，至少需要兩年。

 **把下面的單字記起來，你就是聽力達人！**

**l'autobus**：公車　　　　　「**Perché no?!**」（有何不可？！）
**la nave**：船

（×）2. （×）1. ：案答題問真認

140

# 39

## In taxi
### 搭計程車

重點
提示　請注意聽「乘客想去哪裡、為何在羅馬」。

關鍵
單字　請先記住關鍵單字，以便更容易聽懂音檔的內容。

**per cortesia**：請　　　　　　　　**il traffico**：塞車

聽聽看　請先聽兩次音檔後回答以下問題，然後再聽一次確認聽懂了多
少。　　　　　　　　　　　　　　　　　　　　　　▶ MP3-39

問題　請回答以下問題，對的打○，錯的打×。

1. (　　) Il passeggero vuole andare in stazione.
　　　　　乘客想去火車站。

2. (　　) Il passeggero è in vacanza a Roma.
　　　　　乘客正在羅馬度假。

◆ All'aeroporto per cortesia!
請載我去機場！

◇ A quest'ora c'è un po' di traffico. Arriveremo verso le undici e mezza. Fa in tempo per il check-in?
這個時段有一點塞車。我們將在十一點半左右抵達。您來得及辦理登機手續嗎？

◆ Ho il volo alle 3. Sono in anticipo.
我搭3點鐘的航班。時間還早。

◇ È a Roma per piacere o per lavoro?
您來羅馬玩還是來工作的呢？

◆ Per lavoro, ma venire a Roma è sempre un piacere!
來工作的，但來到羅馬總是一種享受！

◇ Di dov'è?
您是哪裡人？

◆ Sono di Milano, ma ho molti clienti qui, quindi vengo spesso a Roma.
我來自米蘭，但我在這裡有很多客戶，所以我經常來羅馬。

必學句型　把下面的句型學起來，聽力原來這麼簡單！

・「per + 原因」（為了）

Vado spesso all'estero per lavoro.
我為了工作常常出國。

延伸學習　把下面的單字記起來，你就是聽力達人！

「**per favore**」（請，與「per cortesia」同義）

「**per piacere**」（請，與「per cortesia」同義）

暖身問題解答：1.（×）　2.（×）

 請注意聽「客人想租車租幾天、費用多少、費用包含什麼」。

 請先記住關鍵單字，以便更容易聽懂音檔的內容。

**noleggiare**：租（車）　　　　**la patente**：駕照
**l'auto**：汽車

**聽聽看** 請先聽兩次音檔後回答以下問題，然後再聽一次確認聽懂了多
少。　　　　　　　　　　　　　　　　　　　　　　▶ MP3-40

**問題** 請回答以下問題，對的打○，錯的打×。

1. (　) Il cliente vuole noleggiare un'auto per due settimane.
　　　　　客人想租一輛車兩個星期。

2. (　) Il prezzo include l'assicurazione e il pieno benzina.
　　　　　價錢包含保險和滿油出車。

143

**請對照中義翻譯，確認是不是掌握所有內容了！**

◆ Salve! Vorrei noleggiare quest'auto. Quanto costa?

您好！我想租這輛車。多少錢？

◇ 60 euro al giorno.

一天60歐元。

◆ Ho intenzione di noleggiarla per due settimane. C'è uno
sconto?

我打算租兩週。有折扣嗎？

◇ No, mi dispiace! Ma il prezzo include già l'assicurazione.

沒有，很抱歉！不過價錢已經包含保險了。

◆ Include anche il pieno di benzina?

也包含滿油出車嗎？

◇ Purtroppo no. Mi dia la patente e un documento per favore.

可惜沒有。請給我駕照和證件。

 **把下面的句型學起來，聽力原來這麼簡單！**

·「avere intenzione di + 原形動詞」（打算）

Ho intenzione di comprare casa l'anno prossimo.

明年我打算買房子。

 **把下面的單字記起來，你就是聽力達人！**

**la moto**：摩托車　　　　　　　**lo scooter**：機車

**la bici**：腳踏車

# In aeroporto
在機場

**重點提示** 請注意聽「乘客要去哪裡、出了什麼問題」。

**關鍵單字** 請先記住關鍵單字,以便更容易聽懂音檔的內容。

**il volo**:班機　　　　　　　　**la carta d'imbarco**:登機證

**聽聽看** 請先聽兩次音檔後回答以下問題,然後再聽一次確認聽懂了多少。　　　　　　　　　　　　　　　　　　　　　▶ MP3-41

**問題** 請回答以下問題,對的打○,錯的打╳。

1. (　　) L'aereo decolla dall'uscita 32.
飛機從32號登機門起飛。

2. (　　) Il passeggero non trova la carta d'imbarco.
乘客找不到登機證。

**原文** 請對照中義翻譯，確認是不是掌握所有內容了！

Alitalia. I passeggeri in partenza per Milano con il volo AZ 729 sono pregati di recarsi all'uscita 32.

義大利航空。乘坐AZ 729航班出發前往米蘭的乘客請前往32號登機門。

◆ Ci siamo. È il nostro volo. Prepara la carta d'imbarco.

有了。這是我們的班機。備好登機證吧。

◇ Accidenti! Ma dove l'ho messa?

該死！我到底把它放哪裡去了？

◆ Sei sempre il solito. Cerca di trovarla alla svelta, perché io, quell'aereo, lo prendo, con o senza di te!

你總是這德行。趕快把它找出來，因為本人我，那台飛機，有你沒你，我都要搭上！

 **必學句型** 把下面的句型學起來，聽力原來這麼簡單！

· 「prendere + 交通工具」（搭 / 坐 / 騎 / 開 + 交通工具）

10 ore di treno?! Ma siamo matti! La prossima volta prendiamo l'aereo.

搭10小時火車？！我們瘋了不成！下次坐飛機。

 **延伸學習** 把下面的單字記起來，你就是聽力達人！

**la metro**：地鐵

**la macchina / l'automobile / l'auto**：汽車

**il tram**：電車

（○）．2 ．（○）．1：答稱的題問頁前

# 萬能的旅遊片語

**Qual è la prossima fermata?**
下一站是哪裡？

**Devo andare al duomo.**
**Può avvisarmi quando devo scendere?**
我要去主教堂。要下車時，您可以通知我嗎？

**Permesso!**
借過！

**Lasciami in pace!**
走開！

**Aiuto!**
救命！

## 探索義大利文化

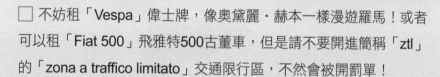

下次去義大利旅行⋯⋯

□ 不妨租「Vespa」偉士牌，像奧黛麗・赫本一樣漫遊羅馬！或者可以租「Fiat 500」飛雅特500古董車，但是請不要開進簡稱「ztl」的「zona a traffico limitato」交通限行區，不然會被開罰單！

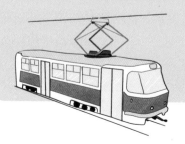

□ 晚上則可以在改裝為行動餐車的古董「tram」電車裡一邊享受美味晚餐，一邊欣賞古城夜景。

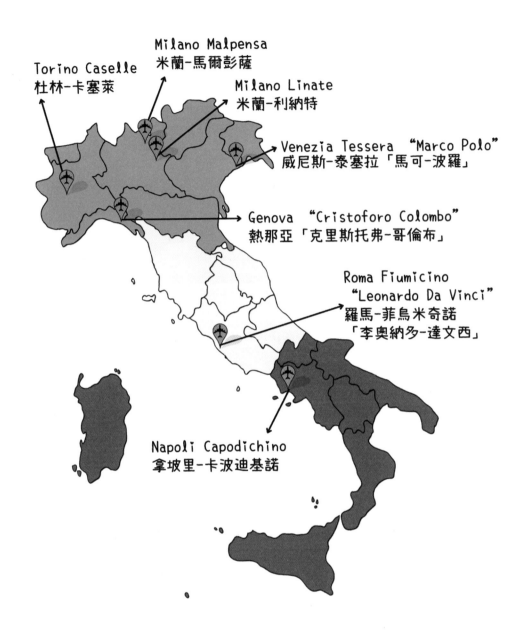

Torino Caselle
杜林-卡塞萊

Milano Malpensa
米蘭-馬爾彭薩

Milano Linate
米蘭-利納特

Venezia Tessera "Marco Polo"
威尼斯-泰塞拉「馬可-波羅」

Genova "Cristoforo Colombo"
熱那亞「克里斯托弗-哥倫布」

Roma Fiumicino
"Leonardo Da Vinci"
羅馬-菲烏米奇諾
「李奧納多-達文西」

Napoli Capodichino
拿坡里-卡波迪基諾

義大利的主要機場

日常生活

# La vita quotidiana

維羅納

# 美麗的義大利文化

旅遊時誰都不希望生病！不過有時候還是會發生意外。遭逢緊急狀況時該如何應對？在這個單元你將大致了解義大利的醫療系統。除此之外，也想為你設立一個目標：從義大利寄張漂亮的明信片回家，一方面體驗義大利與台灣郵政的差異，一方面花幾塊錢體貼關心一下這次沒能陪你出遊的好朋友。

## 學習重點

★ 台義郵局和銀行的差異
★ 台義診所的差異
★ 郵局相關片語
★ 診所相關片語
★ 買菜相關片語

### 台義郵局和銀行的差異

在台灣不管去「posta」郵局還是「banca」銀行，最好帶印章，但是在義大利只要「firmare」簽名即可，不用蓋章。另一差別是郵局的營業時間：義大利郵局的營業時間是上午8點到13點，下午和星期天不營業。至於義大利銀行的營業時間也跟台灣不同：上午8點半到1點半，下午3點到5點，星期六和星期天不營業。

毫無疑問，台義郵局和銀行的最大差別是效率。因此，去義大利郵局和銀行可以不用準備印章，卻要準備很大的耐心，因為一定會「fare la fila」排隊，並且義大利人排隊時不像台灣人那麼守規矩！台灣人像日本人一樣習慣排隊，排得整整齊齊，義大利人排隊無法排成直線，而且常常不小心插隊。

> ✓ 在銀行和郵局辦手續時，選擇選項時，義大利人習慣打叉而非打勾。

## 台義診所的差異

在義大利看病不需要事先掛號，只要到又名「studio medico」的「ambulatorio」診所排隊等候看診即可。診所不天天營業，通常上午營業2個小時，下午也營業2個小時，週末休息。不過你要事先確認時間，因為每個「medico di famiglia」家醫自己決定營業的時間。

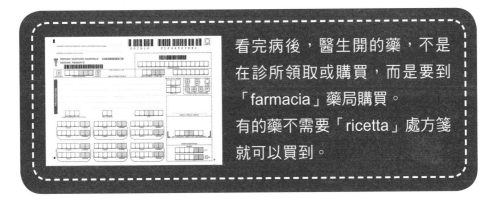

看完病後，醫生開的藥，不是在診所領取或購買，而是要到「farmacia」藥局購買。
有的藥不需要「ricetta」處方箋就可以買到。

如果你剛好在診所不營業的時間覺得不舒服，該怎麼呢？除非大量流血，不然不用去「pronto soccorso」急診，因為義大利的急診只收治有生命危險的病人。如果你的情況沒有那麼嚴重，就要打給「guardia medica」醫療專線。

### 最常見的藥物

la pillola：藥丸
lo sciroppo：糖漿
l'antibiotico：抗生素
l'antidolorifico：止痛藥
la pomata：藥膏
il cerotto：OK繃、貼布
il collirio：眼藥水

il finocchio

il carciofo

la melanzana

le zucchine

i peperoni

il peperoncino

il radicchio

il ravanello

la zucca

il sedano

i broccoli

il cavolo

il cetriolo

le patate

la carota

la cipolla

# 42 Al mercato
## 在市場

 **重點提示** 請注意聽「客人要買哪些蔬果」。

 **關鍵單字** 請先記住關鍵單字，以便更容易聽懂音檔的內容。

**etto**：百克　　　　　　　　**chilo**：公斤

 **聽聽看** 請先聽兩次音檔後回答以下問題，然後再聽一次確認聽懂了多少。
▶ MP3-42

**問題** 請回答以下問題，對的打○，錯的打✕。

1. (　) La cliente compra dei peperoni.
   客人要買甜椒。

2. (　) La cliente compra delle ciliegie.
   客人要買櫻桃。

153

**原文** 請對照中義翻譯，確認是不是掌握所有內容了！

◆ Un chilo e mezzo di pomodori e mezzo chilo di cipolle, per favore!

請給我一公斤半的番茄和半公斤的洋蔥！

◇ Qualcos'altro?　還要別的嗎？

◆ Sì, vorrei dei peperoni.

嗯，還要一些甜椒。

◇ Quanti ne vuole?　要多少呢？

◆ Un chilo… e vorrei anche della frutta…

一公斤……我也想買一些水果……

◇ Ho delle ciliegie dolcissime.

我有很甜的櫻桃喔。

◆ Quanto vengono?　怎麼賣？

◇ 3 euro all'etto.　一百公克3歐元。

◆ Va bene, ne prendo due etti. Quant'è?

好啊，那我買兩百公克。多少錢？

◇ In totale sono 12 euro.

總共12歐元。

 **必學句型** 把下面的句型學起來，聽力原來這麼簡單！

・「Quanto vengono + 複數名詞?」（怎麼賣？）

<u>Quanto vengono</u> le mele?

蘋果怎麼賣？

・「Quanto viene + 單數名詞?」（怎麼賣？）

<u>Quanto viene</u> il salame?

臘腸怎麼賣？

 **延伸學習** 把下面的單字記起來，你就是聽力達人！

「**Quanto costano?**」（與「Quanto vengono?」同義）

「**Quanto costa?**」（與「Quanto viene?」同義）

正解：1.（○）2.（○）

🔵 重點
提示　請注意聽「客人要買哪些乳酪」。

🔵 關鍵
單字　請先記住關鍵單字，以便更容易聽懂音檔的內容。

**la mortadella**：粉紅大香腸　　**stagionato**：陳年的
**fresco**：新鮮的　　　　　　　**la ricotta**：瑞可達起司

🔵 聽聽看　請先聽兩次音檔後回答以下問題，然後再聽一次確認聽懂了多
少。　　　　　　　　　　　　　　　　　　　▶ MP3-43

🔵 問題　請回答以下問題，對的打〇，錯的打✕。

1.（　　）La cliente compra due etti di pecorino stagionato.
　　　　　客人要買兩百公克的陳年羊乾酪。

2.（　　）La cliente compra anche due etti di gorgonzola dolce.
　　　　　客人也要買兩百公克甜的古岡左拉起司。

**原文** 請對照中義翻譯，確認是不是掌握所有內容了！

◆ Fate anche i panini?
你們也製作帕尼尼嗎？

◇ Sì! Quanti ne vuole?
有！您要幾個呢？

◆ Uno con la mortadella.
一個加粉紅大香腸的。

◇ Altro?
還有嗎？

◆ Due etti di pecorino, grazie.
兩百公克羊乾酪，謝謝。

◇ Fresco o stagionato?
新鮮的還是陳年的？

◆ Stagionato. E anche due etti di gorgonzola.
陳年的。還有兩百公克古岡左拉起司。

◇ Il gorgonzola dolce o piccante?
甜的還是辣的古岡左拉起司？

◆ Dolce. Senta, mi dà anche un fuscello di ricotta e due mozzarelle?
甜的。不好意思，也可以給我一籃瑞可達起司和兩顆莫扎瑞拉起司嗎？

 **必學句型** 把下面的句型學起來，聽力原來這麼簡單！

・「senta」（不好意思、請問；用來引起別人的注意）
Senta, è possibile usare la piscina dopo le 10 di sera?
請問，晚上10點後可以使用游泳池嗎？

 **延伸學習** 把下面的單字記起來，你就是聽力達人！

**il mascarpone**：馬斯卡彭起司　　**il parmigiano**：帕馬森起司

# In posta
### 在郵局

 重點提示　請注意聽「先生想寄什麼、用海運還是空運」。

 關鍵單字　請先記住關鍵單字,以便更容易聽懂音檔的內容。

**via aerea**:空運　　　　　　　　**il francobollo**:郵票
**via mare**:海運

 聽聽看　請先聽兩次音檔後回答以下問題,然後再聽一次確認聽懂了多少。　　　　　　　　　　　　　　　　　　　　▶ MP3-44

問題　請回答以下問題,對的打〇,錯的打✕。

1.(　　)Il signore vuole spedire via mare.
先生想要用海運寄送。

2.(　　)Il signore vuole anche spedire una lettera.
先生也想寄一封信。

**原文 請對照中義翻譯，確認是不是掌握所有內容了！**

◆ Vorrei spedire questo pacco a Taiwan.

我想把這個包裹寄到台灣。

◇ Via aerea o via mare?

空運還是海運？

◆ Via aerea quanto costa?

空運要多少錢？

◇ 33 euro e 25 centesimi.

33歐元25分。

◆ Allora via aerea! Mi dà anche un francobollo? Vorrei spedire

questa cartolina.

那就空運吧！可以請您也給我一張郵票嗎？我想寄這張明信片。

◇ Ecco a Lei! In tutto sono 34 euro.

給您！總共34歐元。

 **必學 句型 把下面的句型學起來，聽力原來這麼簡單！**

・「A o B？」（A還是B？）

Cosa ordiniamo? Vino bianco o vino rosso?

我們點什麼？白葡萄酒還是紅葡萄酒？

 **延伸 學習 把下面的單字記起來，你就是聽力達人！**

**la raccomandata**：掛號信　　**la scatola**：紙箱

**la busta**：信封　　**la lettera**：平信

聽力問題解答：1.（×）2.（×）

158

 **重點提示** 請注意聽「先生辦理什麼業務」。

 **關鍵單字** 請先記住關鍵單字,以便更容易聽懂音檔的內容。

**il documento**:證件

 **聽聽看** 請先聽兩次音檔後回答以下問題,然後再聽一次確認聽懂了多少。
▶ MP3-45

**問題** 請回答以下問題,對的打○,錯的打✕。

1. (　　) Il signore vuole cambiare valuta.
先生想要兌換貨幣。

2. (　　) Il signore vuole aprire un conto.
先生想要開戶。

◆ Salve! Vorrei cambiare diecimila dollari taiwanesi in euro.
您好！我想要把一萬台幣換成歐元。

◇ Oggi il cambio è di 1 a 33, va bene?
今天的匯率是1比33，好嗎？

◆ Benissimo, grazie!
非常好，謝謝！

◇ Mi dia un documento per cortesia.
請給我您的證件。

◆ Il passaporto va bene?
護照可以嗎？

◇ Sì! Compili questo modulo per favore e firmi qui.
可以！請您填寫這個表格並在這裡簽名。

 把下面的句型學起來，聽力原來這麼簡單！

‧「qui / lì」（這裡 / 那裡）
Il bagno delle donne è qui, quello degli uomini è lì.
女廁在這裡，男廁在那裡。

 把下面的單字記起來，你就是聽力達人！

**il dollaro taiwanese**：台幣　　**la tessera sanitaria**：健保卡

**il dollaro americano**：美金　　**il codice fiscale**：稅務識別號碼

**la sterlina**：英鎊　　　　　　**il passaporto**：護照

聽力測驗解答：1.（○）2.（×）

160

# In farmacia
在藥局

 **重點提示** 請注意聽「女士有什麼症狀」。

**關鍵單字** 請先記住關鍵單字，以便更容易聽懂音檔的內容。

**i sintomi**：症狀 **l'aspirina**：阿斯匹靈
**le medicine**：藥物

**聽聽看** 請先聽兩次音檔後回答以下問題，然後再聽一次確認聽懂了多少。 ▶MP3-46

**問題** 請回答以下問題，對的打○，錯的打×。

1. (　　) La signora ha il mal di pancia.
女士肚子痛。

2. (　　) La signora ha un leggero mal di testa.
女士有輕微的頭痛。

◆ Quali sintomi ha?

　您有什麼症狀？

◇ Ho il mal di gola e un forte raffreddore.

　我有喉嚨痛和重感冒。

◆ Ha la febbre?

　有發燒嗎？

◇ Non molto alta, trentasette e mezzo.

　燒得不高，三十七度半。

◆ È una leggera influenza, niente di grave.

　這只是輕微的流感，不嚴重。

◇ Devo prendere delle medicine?

　我得要吃藥嗎？

◆ Sì, Le consiglio questa aspirina prima di dormire.

　要，我建議您睡前吃這顆阿斯匹靈。

必學句型　把下面的句型學起來，聽力原來這麼簡單！

・「prima di + 原形動詞」（……之前 / 以前 / 前）

Ordina per favore la tua camera prima di uscire.

出門前，請整理你的房間。

延伸學習　把下面的單字記起來，你就是聽力達人！

**il mal di gola**：喉嚨痛　　　**l'influenza**：流行性感冒

**il raffreddore**：感冒　　　　**la tosse**：咳嗽

**la febbre**：發燒

# 47 In uno studio medico

在診所

 **重點提示** 請注意聽「女士有什麼症狀」。

 **關鍵單字** 請先記住關鍵單字，以便更容易聽懂音檔的內容。

**la compressa**：藥片　　　　**la ricetta**：處方箋

**le analisi**：檢驗

**聽聽看** 請先聽兩次音檔後回答以下問題，然後再聽一次確認聽懂了多少。

▶ MP3-47

 **問題** 請回答以下問題，對的打〇，錯的打×。

1.（　　）La signora ha il mal di stomaco.
　　　　女士胃痛。

2.（　　）La signora ha il mal di gola.
　　　　女士喉嚨痛。

◆ Ho il mal di stomaco da una settimana.

我胃痛一個星期了。

◇ Vediamo un po'. Si accomodi sul lettino, per favore. Ha il mal di testa in questi giorni?

我們來看看。請坐到診療床上。這幾天您有頭痛嗎？

◆ Sì, soprattutto la sera. In questo periodo sto lavorando molto e sono stanchissima.

有，特別是晚上。這陣子我工作很多，累極了。

◇ Capisco. Le consiglio di prendere una compressa solo se il mal di testa è molto forte. Secondo me, Lei ha soprattutto bisogno di riposo. Se poi continuerà ad avere il mal di stomaco, allora faremo le analisi.

瞭解。我建議您只在頭很痛的時候服用一個藥片。在我看來，您最需要的是休息。到時候如果您還持續胃痛，我們再做檢驗。

◆ Va bene. Posso comprare le medicine per il mal di testa senza ricetta?

好的。沒有處方箋我也可以買頭痛藥嗎？

必學 句型 把下面的句型學起來，聽力原來這麼簡單！

· 「se」（如果）

<u>Se</u> vengo assunto, ti porto in vacanza all'estero.

如果我被錄取，我就帶你出國度假。

延伸 學習 把下面的單字記起來，你就是聽力達人！

**il mal di schiena**：背痛　　**il mal di stomaco**：胃痛

**il mal di pancia**：肚子痛　　**il mal di testa**：頭痛

（×）．2　（○）．1：案答題問聽奈

# 48 Invitare gli amici
## 邀約朋友

 **重點提示** 請注意聽「什麼時候聚餐」。

 **關鍵單字** 請先記住關鍵單字，以便更容易聽懂音檔的內容。

**notizia**：消息          **festeggiare**：慶祝

 **聽聽看** 請先聽兩次音檔後回答以下問題，然後再聽一次確認聽懂了多少。
▶ MP3-48

 **問題** 請回答以下問題，對的打○，錯的打×。

1. (　　) La cena è sabato sera.
   晚餐在星期六晚上。

2. (　　) La ragazza rifiuta l'invito.
   女孩謝絕邀請。

165

## 原文　請對照中義翻譯，確認是不是掌握所有內容了！

◆ Ho una bella notizia: sono stato assunto!
有個好消息：我被錄取了！

◇ Congratulazioni! Sono molto contenta per te!
恭喜！我非常為你感到高興。

◆ Per festeggiare sto invitando i miei migliori amici per una cena speciale, cucino io!
為了慶祝，我想邀請我最要好的朋友參加一個很獨特的晚宴，我來下廚！

◇ Bell'idea! Quando?
好主意！什麼時候？

◆ Domenica sera, dopo le 8.
星期天晚上，8點以後。

◇ Mi dispiace moltissimo, ma domenica ho da fare.
真抱歉，我星期天有事。

## 必學句型　把下面的句型學起來，聽力原來這麼簡單！

・「Congratulazioni!」（恭喜！）

Ti sei laureato ieri? <u>Congratulazioni!</u>
你昨天畢業了？恭喜！

## 延伸學習　把下面的單字記起來，你就是聽力達人！

**lunedì**：星期一
**martedì**：星期二
**mercoledì**：星期三
**giovedì**：星期四
**venerdì**：星期五
**sabato**：星期六
**domenica**：星期天

前面問題解答：1.（×） 2.（○）

 重點
提示 　請注意聽「美髮師推薦什麼」。

 關鍵
單字 　請先記住關鍵單字，以便更容易聽懂音檔的內容。

**fare il taglio**：剪髮　　　　　　　　**fare la tinta**：染髮

 聽聽看 　請先聽兩次音檔後回答以下問題，然後再聽一次確認聽懂了多
少。　　　　　　　　　　　　　　　　　　　　　　　▶ MP3-49

 問題 　請回答以下問題，對的打○，錯的打×。

1. (　　) Il parrucchiere suggerisce un taglio corto.
   美髮師建議把頭髮剪短。

2. (　　) Il parrucchiere suggerisce di tagliare la frangia.
   美髮師建議把瀏海剪掉。

◆ Allora, come li tagliamo questi capelli?

那麼，我們要怎麼剪呢？

◇ Ho voglia di cambiare un po' questa volta.

這次我想做點改變。

◆ Che ne dice di un taglio corto?

剪短怎麼樣呢？

◇ Non so... forse non fa per me.

不曉得……也許不太適合我。

◆ Starà benissimo! Magari tagliamo anche la frangia.

您會很好看！我們把瀏海也剪掉好了。

◇ D'accordo! E mi faccia anche la tinta.

好啊！請您也幫我染頭髮。

必學句型　把下面的句型學起來，聽力原來這麼簡單！

・「... non fa per me!」（……不適合我！）

Sci nautico? Sembra divertente, ma <u>non fa per me!</u>

滑水？好像很好玩，但不適合我！

延伸學習　把下面的單字記起來，你就是聽力達人！

**il pettine**：扁梳　　　　　　　**lo specchio**：鏡子

**la spazzola**：大板梳　　　　　**la coda**：馬尾

**il fermaglio**：髮夾　　　　　　**fare la permanente**：燙髮

 **重點提示** 請注意聽「小姐出了什麼問題」。

 **關鍵單字** 請先記住關鍵單字，以便更容易聽懂音檔的內容。

**esporre denuncia**：報警、報案

 **聽聽看** 請先聽兩次音檔後回答以下問題，然後再聽一次確認聽懂了多少。

▶ MP3-50

**問題** 請回答以下問題，對的打〇，錯的打×。

1.（　）La signorina ha perso la borsa.
　　　小姐遺失了包包。

2.（　）Il poliziotto chiede un documento d'identità.
　　　警察要求提供身分證件。

◆ Mi hanno rubato la borsa!

我的包包被偷了！

◇ Stia tranquilla! Siamo qui per aiutarLa.

別擔心！我們準備好為您提供幫助。

◆ Oddio, nella borsa avevo il mio portafoglio…

天哪，我的包包裡有錢包⋯⋯

◇ Vuole esporre denuncia? Un documento prego…

您要報案嗎？請提供證件⋯⋯

◆ Prego?

什麼？

◇ La Sua carta d'identità o anche la patente può andar bene.

您的身分證，或者您的駕照都可以。

◆ Ma Lei sta scherzando, vero?!

您這是在開玩笑是吧？！

必學句型　把下面的句型學起來，聽力原來這麼簡單！

・「Prego?」（什麼？）

<u>Prego?</u> Io dovrei passare due settimane di vacanza con mia suocera?

什麼？我得要跟我婆婆一起度假兩個禮拜？

延伸學習　把下面的單字記起來，你就是聽力達人！

**la tessera sanitaria**：健保卡　　**la patente**：駕照

**il codice fiscale**：稅務識別號碼　　**la carta d'identità**：身分證

**il passaporto**：護照

（○）2 .（○）1：案答題問直判

170

# 萬能的旅遊片語

## 郵局相關片語

**Vorrei spedire questo pacco a Taiwan.**
我想把這個包裹寄到台灣。

**Vorrei spedire questa cartolina a Taipei.**
我想把這張明信片寄到台北。

**Un francobollo per favore!**
請給我一張郵票。

## 診所相關片語

**Non mi sento bene.**
我覺得不舒服。

**Ho 37° / 38° / 39° di febbre.**
我發燒37 / 38 / 39度。

**Ho una brutta tosse.**
我有很嚴重的咳嗽。

**Ho un forte mal di testa.**
我有很嚴重的頭痛。

**Ho un forte mal di denti.**
我有很嚴重的牙痛。

**Ho un semplice raffreddore.**
我有個輕微的感冒。

**Mi fa male la pancia / la testa / la gamba / il ginocchio.**
我肚子 / 頭 / 腿 / 膝蓋很痛。

## 買菜相關片語

**Vorrei un chilo di mele.**
我想要一公斤的蘋果。

**Vorrei due chili di mele.**
我想要兩公斤的蘋果。

**Vorrei mezzo chilo di fragole.**
我想要半公斤的草莓。

**Vorrei un etto di Parmigiano.**
我想要一百公克的帕馬森起司。

**Vorrei due etti di Parmigiano.**
我想要兩百公克的帕馬森起司。

etto：百克

chilo：公斤

**Quanto costa? / Quanto viene?**
多少錢？（搭配單數名詞）

**Quanto costano? / Quanto vengono?**
多少錢？（搭配複數名詞）

**Quant'è in tutto?**
總共多少錢？

**Qualcos'altro?**
還有嗎？

**Basta così!**
這樣就夠了！

## 探索義大利文化

□ 下次去義大利旅行，不妨寫一張「cartolina」明信片給你的朋友，然後去郵局排隊買郵票，把明信片寄出去。也可以逛逛義大利傳統市集，找出跟台灣的傳統市場的差異。

## 義大利市場的水果

*i fichi d'India*

*i mirtilli*

*i lamponi*

*le more*

*le nespole*

*le prugne*

*la pesca*

*l'uva*

*l'anguria*

*le ciliegie*

*la mela*

*la pera*

*l'arancia*

*l'albicocca*

*il kiwi*

*il pomodoro*

國家圖書館出版品預行編目資料

每天10分鐘，聽聽義大利人怎麼說 /
Giancarlo Zecchino（江書宏）、吳若楠合著
-- 初版 -- 臺北市：瑞蘭國際，2023.01
176面；17×23公分 --（繽紛外語系列；118）
ISBN：978-626-7274-00-2（平裝）
1.CST：義大利語 2.CST：讀本
804.68                           111021765

繽紛外語系列 118

# 每天10分鐘，聽聽義大利人怎麼說

作者｜Giancarlo Zecchino（江書宏）、吳若楠
責任編輯｜葉仲芸、王愿琦
校對｜Giancarlo Zecchino（江書宏）、吳若楠、葉仲芸、王愿琦

義大利語錄音｜Giancarlo Zecchino（江書宏）、Sarah Hu Castillo（胡盛蘭）
錄音室｜采漾錄音製作有限公司
封面設計、版型設計｜陳如琪
內文排版｜邱珍妮、陳如琪
「正文」美術插畫｜Ruei Yang
「美麗的義大利文化」、「萬能的旅遊片語」美術插畫｜Sarah Hu Castillo（胡盛蘭）、葛祖尹

瑞蘭國際出版
董事長｜張暖彗‧社長兼總編輯｜王愿琦
編輯部
副總編輯｜葉仲芸‧主編｜潘治婷
設計部主任｜陳如琪
業務部
經理｜楊米琪‧主任｜林湲洵‧組長｜張毓庭

出版社｜瑞蘭國際有限公司‧地址｜台北市大安區安和路一段104號7樓之一
電話｜(02)2700-4625‧傳真｜(02)2700-4622‧訂購專線｜(02)2700-4625
劃撥帳號｜19914152 瑞蘭國際有限公司
瑞蘭國際網路書城｜www.genki-japan.com.tw

法律顧問｜海灣國際法律事務所　呂錦峯律師

總經銷｜聯合發行股份有限公司‧電話｜(02)2917-8022、2917-8042
傳真｜(02)2915-6275、2915-7212‧印刷｜科億印刷股份有限公司
出版日期｜2023年01月初版1刷‧定價｜450元‧ISBN｜978-626-7274-00-2

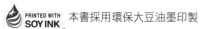

瑞蘭國際